太空禪客 – 禪詩窈看 三十五首

盧蓄虛 著

明文堂

선객 소동파

若言琴上有琴聲
放在匣中何不鳴
若言聲在指頭上
何不于君指上聽

만약 거문고 소리가 거문고 위에서 난다면
그대로 두면, 어찌하여 악기 속에서 소리가 나지 않는가.
만약 거문고 소리가 손가락 위에서 난다면
어찌하여 그대는 손가락 위에서 듣지 않는가.

禪客 蘇東坡 禪詩窃看 序

　원기선생圓機先生이 소동파의 '적벽부赤壁賦' '동림계성東林溪聲'이 민천(旻天 ; 가을 하늘)의 벗이라 한다. 우우가 추색秋色이 산하山河에 물든 어느 날, 소동파 선생의 황주후로黃州後路를 엿보아 소동파 선생의 청한시[淸閑詩 ; 칠정七情을 벗고, 천지만물을 관조觀照하는 시.], 21수首와 선지禪旨가 드러난 시 14수를 선選하였다.

　고요한 늙은이는 이 세상에 와서 무엇을 했는가. 돌이켜 보며 부끄러워한다. 선禪에 거처하나 정념情念이 환幻인줄 알지 못했음을 더욱 부끄러워한다. 소동파 역시 젊어서 정념情念이 환幻인 줄 알았으면 다른 인생행로를 지었으리라. 정념情念이 환幻인 줄 알았다면 누가 환幻에게 인생을 맡기겠는가.

　소동파의 황주후로는 정념情念에 속지 아니한다. 그런 까닭에 소동파를 절세絶世의 대문호大文豪라 하는 것이다. 소동파의 황주후로는 밝은 인생을 꾸리고자 하는 이의 거울이다. 만약 소동파의 시 35수를 통해 환幻을 지운다면 어찌 기쁜 일이 아니랴. 만한독서晚閑讀書에 동파의 풍격風格이 좋으리. 산골 농부農夫의 둔필鈍筆을 놓는다.

2015. 肇春, 三碧峙病老

禪詩窃看 次序

소식蘇軾(1036 - 1101)은 당송唐宋의 문사文士 가운데 으뜸이다. 어찌 당송에 그치랴. 후세에도 소동파를 능가하는 문사를 볼 수가 없다. 어찌하여 그러한가.

소동파는 천성天性이 소박하더니 28세에 왕팽거사王彭居士를 만나 불법佛法을 배운다. 47세에 선리禪理에 눈을 뜨고, 49세에 개오開悟하여 무심문無心門을 열어 세상을 무등無等으로 보며, 천지만물을 자신의 몸으로 여기고, 오직 무심無心에 거처居處하기를 즐겨하였다.

19세에 장자莊子를 읽고서 "나는 예전에 어떤 견해가 마음속에 있었는데, 입으로 그것을 표현할 수 없었다. 지금 장자를 보고 내 마음을 알았다."라고 아우 소철蘇轍에게 말한다. 측지測知한 것이다. 장자의 종의宗義는 '무심無心으로 세상에 소요逍遙하는 것'이다. 무심소요無心逍遙는 무위無爲이다. 무심無心의 경지境地를 알지 못하는 범부凡夫가 무위無爲를 어찌 짐작이나 하겠는가. 동파는 50이 되어서 장자의 뜻에 합하여 '무하유無何有'를 읊는다. 무심無心이란 칠정七情이 없다는 뜻이다. 범부는 칠정으로 마음을 삼고 애증愛憎과 탐욕貪慾에 기대어 일생을 보낸다. 칠정이 환幻인 줄 알지 못하기 때문이다.

숙세宿世에 정련精練이 없으면 스스로 무심無心을 배우는 공부工夫에 나아가기 어렵다. 범부는 반드시 밝은 스승에 의지해야 문턱을 넘을 수 있는 것이다. 동파는 숙세에 달인達人이어서 젊은 날, 애쓰지 않고도 무심無心의 의취가 흉중胸中에 그윽하였던 것이다.

동파의 글에 도연명陶淵明(365 - 427)과 백낙천白樂天(772 - 846)이 동파의 전신前身이었음을 밝힌다. 화도시和陶詩를 지음과 향산거사香山居士 백낙천白樂天이 거닐던 곳을 더듬으며 향산거사香山居士 시詩 '보동파步東坡'에서 '동파'를 취해 자호한 것은 동파만의 소회素懷일 것이다. 동파시습東坡詩習의 연유緣由가 여기에 있다고 할 것이다.

또한 당전세當前世에 지견知見 밝은 선승禪僧으로 섬서陝西 등을 오가던 사계선사師戒禪師(? - 1035)였다고 불가佛家의 서書에 전한다. 동림상총東林常總, 불인요원佛印了元, 진정극문眞淨克文 등 종사宗師와 혜표惠表, 혜근惠勤, 유림維琳, 참요參寥 등 선승禪僧들이 소동파를 '계화상戒和尙'이라 불렀다.

삼소三蘇는 전세의 혜원慧遠, 육수정陸修靜, 도연명陶淵明이라 한다.

호계삼소虎溪三笑의 의의義가 칠백 년 뒤에 삼소三蘇로 만난 것이리라. 동파의 시는 세속의 벗과 시세時世에 거처居處하면서도 탈속脫俗하여 방외方外의 격격格格을 나투며, 자연과 동파가 한 몸으로 태공太空에 소요 逍遙한다. 그런 까닭에 뒷사람들이 다투어 배우고 흉내 내며 기리고 연구하나, 묘의妙意를 자득自得하지 못하는 것은 동파의 무심경지無心境地를 알지 못하기 때문이다.

동파는 유배살이 20년 동안 지혜智慧 밝은 선사禪師를 참례參禮하여 참다이 무심無心을 배워 무심無心에 나아갔다.

황주黃州 유배 5년간(45 - 49세) 불가佛家에 의탁하여 간경看經과 묵좌默坐에 힘을 다했다. 그간에 선승禪僧에게 배운 바에 젖고, 묵좌默坐하여 선리禪理에 눈 뜬 바 있으나, 방외方外의 한 기미機微에는 밝지 못하였다. 49세에 황주를 떠나 여주汝州로 가다가 임제종 황룡파 2세 동림상총선사東林常總禪師(1025 - 1091)를 찾아뵙고 밤새워 묻고 물었다. 무정설無情說의 해의解義는 통했으나 자성당체自性當體에는 여전히 밝지 못했는데, 아침에 하직하고 산사山寺를 나서서 여산호계廬山虎溪의 폭포소리를 듣자마자 개오開悟하였다. 이때 읊은 시詩가,

溪聲便是廣長說　　계곡의 물소리는 부처님의 항상한 설법이요.
山色豈非淸淨身　　산빛이 어찌 淸淨光明의 法身이 아니랴.
夜來八萬四千偈　　迷할 제, 八萬四千 偈頌을 두나니
他日如何擧似人　　다른 날, 뒷사람에게 어떻게 들어 보일 것가.

이다. 3구의 '야래팔만사천게夜來八萬四千偈'의 해석이 쉽지 않아 학자마다 해석이 구구하다. 50세에 대오大悟하여,

問我何處來　　어느 곳에서 왔느냐고 내게 물으면
我來無何有　　나는 無何有에서 왔다 하리.
薰風自南來　　薰風이 스스로 南에서 불어오니
艸堂生微凉　　처마 끝에 희미하게 서늘함이 나누나.

라 읊는다. 뒷날에, 원오극근선사圓悟克勤禪師(1063 - 1125)가 '훈풍자남래薰風自南來 초당생미량艸堂生微凉'을 인설법引說法할 제, 대혜종고大慧宗杲(1089 - 1163)가 전후단제前後斷際 응심부동凝心不動하더니 얼마 후, 대오大悟하였다. 동파거사가 대혜에게 한 기미機微를 남긴 것이라

하겠다. 소동파는 전등록傳燈錄에 동림상총선사의 문인門人으로 실려 있다. 개오開悟 이후 66세에 세상을 떠날 때까지 십칠 년간 임성소요任性逍遙의 공부에 나아가 거닐었다.

시詩의 기교技巧가 소동파를 지나더라도 선악善惡과 사생死生의 밖을 보지 못하면 속시俗詩에 머물고 마는 것을 어찌하랴.

대저 소동파의 시는 47세 이전에는 속정俗情이 반半이다. 그 이후에도 약간의 속정俗情이 묻어 번거로움이 없지 않으나 사람들은 그 조차도 흠모한다. 아마도 읽는 이의 칠정七情에 부합附合 하는 바가 있어서 그럴 것이다. 50세 이후의 동파시는 설리시說理詩를 보이며 간명직절簡明直節하여 군말이 거의 없다.

선지禪旨의 미味가 드러난 시 35수首를 가려 보았다. 35수 가운데 공부 과정을 담고자 측사시測思詩 몇 편도 아울렀다. 때로 장시長詩 중에 일부를 취한 경우도 있다. 동파시 가운데 격格이 높은 시를 골랐으니 동파도 싫어하지 않으리라.

동파시 2,700여 수 가운데 소동파가 스스로 가려 뽑았더라도 '49수'를 넘지 못했을 것이다.

소동파는 '문장은 소기小技'라 하고 '도道에 밝아야 문文이 따른다.'라 하였다. 도道에 어두운 문文은 잡문雜文일 뿐이다. 동파의 진면목眞面目을 보려면, 자기의 심성心性에서 소동파의 해맑은 미소를 보아야 참으로 소동파를 만난 것이라 하겠다.

소동파를 등등等等으로 보는 은현달사隱賢達士가 어찌 없겠는가. 방외方外의 청한시淸閑詩가 곳곳에 보인다. 이러히 알아야 동파를 욕되게 하지 않는다. 동파시 가운데 일상에서 무심無心을 드러낸 곳이 현묘玄妙하다. 50세 이후의 동파거사는 태공선객太空禪客이다. 동파를 알고자 하는가. 선지禪旨를 밝혀야 동파를 마주할 것이다.

東坡居士 떠난 지 구백십사 년 되는 해, 2015 肇春에
方外 三碧峙에서 菑虛病老가 쓰다.

13

〖禪詩의 理解〗

　　선시禪詩란 참선수행參禪修行을 통해 마음(眞心)을 증득證得한 내용內容을 시詩로 읊은 것이다. 여기서 마음이란 망심妄心이 아닌 진심眞心을 의미한다. 범부凡夫는 진심眞心이 자족自足하나 스스로 어두워, 망심妄心의 그늘에 갇혀서 칠정七情으로 인생을 꾸려간다. 칠정七情이 환幻인 줄 알지 못하는 까닭이다. 칠정이란 범부의 허망한 마음이다. 진심眞心, 즉 참마음은 모습 없고 자취 또한 없으며, 만고불변萬古不變으로 성성적적惺惺寂寂하다. 무심無心, 즉 '칠정七情이 본래 없음'에 합해야 해맑은 참마음이 드러나서 선시禪詩를 밝게 볼 수 있는 것이다. 오직 자증自證 연후에 참다이 선시禪詩의 의취意趣를 알 수 있다고 하겠다.

　　일반적으로 선시禪詩는 '그 뜻을 헤아리기 어려운 시'로 이해되고 있으나 경經과 논論을 깊이 연구한 이는, 선시禪詩의 의취意趣를 대강 짐작한다. 그러나 선시禪詩의 적확的確한 분석이 어려워 짐작의 대개가 오류誤謬를 범한다. 기왕에 보이는 몇 권의 선시禪詩도 승시僧詩와 선시禪詩를 섞어 놓은 곳이 허다하며, 선지禪旨를 곧바로 드러낸 번역과 해설이 드문 것은 역자의 책임을 스스로 작게 여긴 탓일 것이다. 선시禪詩의 형식은 개오송開悟頌, 지로송指路頌, 소요송逍遙頌, 임종게臨終偈로 나눌 수 있다. 선시의 내용은 대저 환몽幻夢, 본무本無, 자연自然, 적적성성寂寂惺惺, 대적大寂으로 나타난다. 위의 휴언虧言으로 선시禪詩의 변辨으로 삼는다. 선시禪詩란 언어도단言語道斷의 자리를 간명한 가리킴의 언어言語로써 밝히는 활구活句이다. 선시禪詩를 활구活句로 되돌리는 것은 읽는 이의 몫이라 할 것이다.

차례

中隱居士 蘇東坡 先生 黃州後路

禪詩窃看 三十五 首

澠池懷舊
민지회구

人生到處知何似
인생도처지하사

應似飛鴻踏雪泥
응사비홍답설니

泥上偶然留指爪
니상우연유지조

鴻飛那復計東西
홍비나복계동서

老僧已死成新塔
노승이사성신탑

壞壁無有見舊題
괴벽무유견구제

往日崎嶇還記否
왕일기구환기부

路長人困蹇驢嘶
노장인곤건려시

민지澠池의 거님을 생각하며

우리네 인생살이, 무엇과 닮았는가?

날아가는 기러기, 눈 위에 남긴 발자국과 같을진저.

진흙 위에 우연히 발자국을 남겼거니

날아가는 기러기, 어찌 동서東西를 헤아렸겠는가.

노선사老禪師는 이미 세상을 떠나 새 탑塔이 세워졌고,

허물어진 벽壁에는 옛 시詩를 찾을 수 없네.

지난 날의 험하고 고달픈 길 기억하는가?

길은 먼데, 사람은 지쳐 절고 당나귀는 울어댔었네.

1061 - 26세 作. 민지회구의 본제本題는 和子由澠池懷舊이다.

5년 전 아우 소철蘇轍과 함께 과시科試보러 갈 때 묵었던 민지澠池를 지나는데, 그곳의 노승老僧 봉선奉先선사는 이미 입적하였고, 당시에 동파가 시를 남겼던 벽은 무너졌다고 술회한다. 노승의 그림자도 볼 수 없음을 당하여 인생이란 사생死生 가운데 어떤 것인가 하고 생각한다.

'인생이란 눈 위의 기러기 발자국 같을 진저' 라 한 것이다. 민지회구는 제과制科에 입격入格하여 대리평사 봉상부 첨판에 부임하러 가는 도중에 아우 소철에게 답하는 시이다.

동파는 19세에 흉중에 있는 생각을 표현할 수 없었는데, 장자莊子를 읽으니 그 속에 그윽히 담겨 있었다고 소철문집蘇轍文集에 전한다.

26세의 청년 동파는 본시 벼슬에 뜻이 있는 것이 아니었다. 21세에 아우 소철蘇轍과 함께 부친 소순蘇洵을 따라 개봉부시에 응시하여 급제, 22세에 예부시禮部試 급제, 어시御試 급제, 26세에 제과制科 입격했으나 과시科試는 소순蘇洵의 뜻에 따른 것이었다. 60세에 읊은 진량도眞良圖에 '내가 벼슬살이에 나선 건 본래 입 때문' ―我生涉世本爲口― 이라 하였다.

동파는 젊은 날부터 노장老壯에 젖어 방외농부方外農夫의 삶을 생각했던 것이다.

노장사상老莊思想이란 부득이不得已 세상 속을 살아가되, 세상에 물들지 않음을 처음으로 삼는다. 26세의 동파는 인생의 근원에 대해 깊은 사유를 한다. 그러나 인생은 '눈 위의 발자국' 같이 허망한 것임을 발견했을 뿐이다. 뒷날의 문객, 사신행查愼行(1570-1628)이 민지회구는 송초宋初의 천의의회天衣義懷(993-1064)선사의 시를 원용한 것이라 한다. 뒤이어 근래의 학자들도 이러저러니 한다. 천의天衣의 시를 본다.

雁過長空	기러기 허공을 지나는데
影沈寒水	차가운 물속에 그림자 가라앉네.
雁無遺迹之意	기러기는 발자취 남기려는 뜻이 없고
水無留影之心	물은 그림자 담으려는 마음이 없네.
苟能如是	진실로 이와 같다면
方解異類中行	참으로 여러 군생群生 속에 가는 법을 아는 것일세.

천의선사의 시와 동파시는 그 의취와 품격이 다르다. 천의선사의 시가 방외方外의 무위시無爲詩라면, 동파의 시는 방내方內의 유위시有爲詩이다. 당시 동파의 견해見解와 솜씨로는 족탈불급足脫不及이다. 사신행은 49세 전前과 후後의 소동파를 판별하는 안목이 없다.

동파는 28세에 왕팽거사를 만나 처음으로 불법의 대략을 듣고 배운다. 26세의 동파는 불법을 알지 못했고, 더구나 전등록傳燈錄은 보지 못했던 것이다.

천의선사의 시는 '안무의雁無意, 수무심水無心'이 요要이다.

碧眼清凉
<ruby>벽<rt>벽</rt></ruby> 안 청 량

<ruby>부 지 수 하 행<rt></rt></ruby>
不知修何行

벽 안 조 산 곡
碧眼照山谷

견 지 자 청 량
見知自淸凉

세 진 번 뇌 독
洗盡煩惱毒

푸른 눈빛으로 수행修行하는 노선사老禪師를 뵈오며

무슨 수행修行하시는지 알 수 없지만
푸른 눈으로 산골짜기 비추시네.
선사禪師를 바라 봄에 절로 맑고 서늘하여
번뇌煩惱의 독이 다 씻어지는 듯하네.

| 素解 |

1072 - 37세 作. 비록 미명未明이나 고덕高德의 수행修行이 본받을 바라 여기는 소동파의 생각은 숙세宿世의 그림자라 하겠다. 동파는 28세에 왕팽거사王彭居士(字 大年)를 만나 불법佛法의 대략과 참선參禪의 요령을 듣고 배운다.

훗날에, 금강경金剛經, 법화경法華經, 원각경圓覺經, 유마경維摩經, 능엄경楞嚴經, 능가경楞伽經, 기신론起信論, 법보단경法寶壇經 등을 읽으며 사상思想의 큰 변화를 일으킨다.

동파는 불법佛法을 공부함으로써 논어論語, 중용中庸, 노자老子, 장자莊子의 종의宗意를 새롭게 파악하여 견해가 밝아진다.

논중노장論中老莊에는 도체道體를 드러냄과 수행修行의 방법에 대한 가르침은 몇 줄의 글이 있을 뿐임을 알게 되었던 것이다. 이후 동파의 인생 목표는 불법佛法을 배워 견성見性하여 종래에는 열반적정涅槃寂靜에 이르는 것이었다.

동파가 본격적으로 간경看經과 묵좌默坐에 든 것은 45세에 황주黃州로 유배된 뒤이다. 뒷날, 동파가 이른다.

"나는 처음에 불법佛法을 알지 못했는데 그대(王彭)가 그 대강을 말해 주어, 그 지극하고 은미한 뜻을 미루어 스스로 증험하니 저로 하여금 의심하지 않게 해 주었습니다. 제가 불서佛書를 좋아하게 된 것은 온전히 그대로부터 시작된 것입니다."(予始未知佛法, 君爲言大略, 皆

摧見至隱以自證耳, 便人不疑, 予之喜佛書, 皆自君之.)

왕팽王彭거사는 소동파蘇東坡의 상도선배上導先輩이다.

불법佛法, 즉 참마음을 배우는 데에는 먼저 산란한 생각을 쉬고, 생각이 일어나는 자리를 관觀하여야 한다. 이를 관심법觀心法이라 한다. 산란한 생각을 쉬는 것은 참마음의 처소를 밝히기 위한 준비 동작이다. 산란한 생각을 쉬는 것을 공부로 여기는 것은 어두운 견해이다. 혹은 생각을 바꾸면 세상사 모두를 아름답게 볼 수 있기에 '생각 바꾸기'를 공부로 삼는 학파도 보인다. 이는 불법의 근원을 알지 못하는 견해見解이다. 불법佛法은 선악善惡을 벗어난 지선至善을 함이 없이 나투는 것이다.

범부의 칠정七情으로 채워진 사유思惟로는 참마음을 헤아려도 만날 수 없다. 바른 공부길에 들지 못하면 참마음을 만나기 어려운 것이다. 동파는 아직 번뇌煩惱에 머무나, 참마음의 의취를 대략 짐작하게 되었다고 할 것이다.

3
^{지 몽} 知夢

^{인 생 여 조 로}
人生如朝露

^{요 작 백 년 객}
要作百年客

인생人生이 어찌 찰나刹那의 꿈이 아니랴.

인생人生은 아침이슬과 같거니
백년百年의 과객過客이 될 진저.

    1073 - 38세 作. 인생이 한때의 환몽幻夢인 것을 누가 쉬이 아리오. 인생이 환몽幻夢인 줄 안 연후에 새로운 인생이 펼쳐지는 것이다. 인생이 환몽幻夢인 줄 알았더라도 죽음 또한 환몽幻夢인 줄 알기 어렵다.

    도연명陶淵明(365-427)의 말년 시詩에는 삶의 회한과 죽음에 대한 두려움이 곳곳에 묻어난다. 그런 도연명에 대하여 두보杜甫(712-770)는 '속세를 피한 연명이 깨달았다고 할 수 없으니 연명의 시에는 고난스런 삶을 한스러워했다.' 라고 평한다.

    지금의 생生이 한때의 과객이라 생각한다면, 이미 죽음은 두려워 할 대상은 아니다. 오늘 아침에 뜬 해가 어제 그 해가 아니던가. 떠나는 가을은 기약 않아도 새 가을이 되어 돌아오는 것을 —. 누가 지는 해와 떠나는 가을을 서러워하는가. 서러움과 두려움은 무명無明 때문일 진저.

    38세의 동파가 삶이 환몽幻夢임을 알았더라도, 죽음도 환몽幻夢인 줄 어찌 알았겠는가. 미오未悟시절의 사상적思想的 이해理解이다.

    두보杜甫가 많은 청시淸詩를 남긴 것은 좌선坐禪의 여득餘得이다.
    두보는 칠조七祖 신회선사神會禪師의 문하와 신수神秀의 제자弟子인 보적普寂, 찬공贊公 등의 문전을 기웃거렸으나 소득이 없었다. 만년에

허거사許居士를 만나 사생死生과 열반涅槃이 모두 환幻이라는 가르침을
받고, 스스로 선禪의 적寂을 구함에 매여 있었음을 토로한다.

余亦師粲可   나 역시 慧可와 僧璨의 禪을 배웠으나
身猶縛禪寂   이 몸은 여전히 禪의 寂에 매여 있을 뿐.
離索蔓相逢   쓸쓸히 살다 늦게야 그대를 만났으이
包蒙欣有擊   몽매함을 깨우쳐 주어 기쁘게 배웠네라.

두보가 반평생을 간경묵좌看經默坐에 힘썼으나 참 공부 밖으로 돌다
가 늘그막에 환설幻說의 묘妙를 얻어 노력하고 있다고 말하는 것이다.
사생死生과 열반涅槃이 모두 환幻인줄 알기 어려운 것이다.

4

登玲瓏山
^{등 영 롱 산}

三休亭上工延月
^{삼 휴 정 상 공 연 월}

九折巖前巧貯風
^{구 절 암 전 교 저 풍}

脚力盡時山更好
^{각 력 진 시 산 갱 호}

莫將有限趁無窮
^{막 장 유 한 진 무 궁}

* 趁 좇을 - 진

영롱산玲瓏山에 올라

삼휴정 위에 밝은 달 서성이고
구절암 앞에는 서늘한 바람이 이누나.
다리 힘 다한 곳, 산 풍광 새롭게 좋으이
유한한 일신으로 무한함을 추구치 아니하네.

| 素解 |

1073 - 38세 作. '밝은 달 서성이고— 서늘한 바람이 이누나' 이 한 구에는 속정俗情이 거의 없다. 해맑은 소식消息에 가까이 가고자 한 것이다. 동파 38세에는 속정俗情을 쉬고저 하는 사상思想이 보인다. 그러나 쉬고자 하나 그 노정路程을 잘 알지 못한 때이다.

왕팽거사王彭居士를 만나 불법佛法의 대략을 듣고, 선리禪理를 존숭尊崇하여 때때로 간경묵좌看經默坐하며 산사山寺를 찾아 선승禪僧에게 배움을 청했다.

38세에는 불법佛法의 대의大義에 대하여 약간의 견해가 있었던 것으로 보인다.

동파 30-44세의 시기에는 불법佛法을 좋아했으나 문명文名을 드날리는 재미가 있던 때라, 깊이 불법佛法을 참구參究하지 않았던 것이다.

"유한한 일신으로 무한함을 추구치 아니하네."(莫將有限趁無窮.)

선도仙道에 기울어, 당장의 몸(身)으로써 금강불괴金剛不壞를 구하는 무리들을 나무라는 시詩이다.

선도에 천가千家의 문이 있으나 황제黃帝, 노자老子, 장자莊子 외에는 이름과 모습을 따르는 졸가拙家들일 뿐이다.

두보杜甫가 읊는다.

本自依迦葉	나는 본래 가섭迦葉에 귀의하였나니,
何曾藉偓佺	어찌 악전같이 선술仙術을 빌리겠는가.

악전偓佺은 도당씨陶唐氏 때의 선인仙人이다. 두보는 기도祈禱나 술법術法에 의지하는 못난 짓은 하지 않겠다고 한다. 두보는 일찍이 선문禪門에 들어, 칠조七祖 하택신회荷澤神會선사와 남양혜충南陽慧忠대사의 법을 듣고 평생 노력했으나 오문悟門을 열지는 못했다. 공부의 해의解義와 향심向心을 읊는다.

身許雙峰寺	몸을 쌍봉사에 맡겨
門求七祖禪	七祖(神會禪師)의 禪門을 두드렸네.
落帆追宿昔	돛을 내리고 옛 생각 더듬으며
衣褐向眞詮	거친 베옷 입고 참마음을 향하네.
本自依迦葉	나는 본래 迦葉의 道에 歸依하였나니
何曾藉偓佺	어찌 偓佺같이 仙術을 빌리겠는가.
晚聞多妙教	만년에 佛家의 玄妙한 가르침을 배웠네
卒踐塞前愆	힘 다해 이전의 허물을 다 지우리.
金砒空刮眼	知解로 눈을 씻는 것, 부질없다네
鏡象未離銓	거울 속 物象을 저울로 헤아림에 속할 뿐.

두보杜甫가 시선詩仙으로 불리우며 청시淸詩를 남긴 근저에는 참마음(眞心)을 밝히려는 공부에 나아감이 있다. 두보의 말년에는 허거사許居士에게 본적本寂의 가르침을 받고 한 걸음 나아갔다. 동파는 45세에 유배의 시기를 맞아 공부가 크게 나아간다.

5

知^지迷^미

中^중年^년忝^첨聞^문道^도

夢^몽幻^환講^강已^이祥^상

儲^저藥^약如^여丘^구山^산

臨^임病^병更^갱求^구方^방

仍^잉將^장恩^은愛^애刃^인

割^할此^차衰^쇠老^노腸^장

知^지迷^미欲^욕自^자反^반

一^일慟^통送^송餘^여傷^상

* 儲 쌓을 - 저. 仍 인할 - 잉. 慟 서럽게 울 - 통.
* 餘傷 ; 묵은 칠정. 칠정으로 지은 지난 날의 환로幻路.

36 선객 소동파

일념一念의 미혹迷惑을 벗고저

중년中年에 들어 황공히도 불도佛道를 들어

칠정몽환설七情夢幻說을 이미 자세히 들었으나

약재佛經를 산더미처럼 쌓아 놓고

병(迷惑境界)이 들면 또 처방을 찾는다.

여전히 은혜와 사랑의 칼날로

이 노쇠한 창자를 자르고 있구나.

일념一念에 미혹迷惑하여 이러한 줄 알겠거니

한바탕 크게 울고, 묵은 칠정을 쉬고자 하노라.

* 칠정七情이란 희喜, 노怒, 우憂, 사思, 비悲, 경驚, 공恐으로 나눈 범부 감정
의 총칭總稱이다. 범부는 기쁨, 성냄, 근심, 생각함, 슬픔, 놀램, 두려움의
칠정을 고유한 마음으로 삼고 인생을 꾸린다. 대저 칠정은 사람의 수심愁
心이 되고 모든 병의 근원이 된다.
황제내경黃帝內徑에, 백병百病의 근원은 마음(七情)이라 한다. 성인聖人은 칠
정이 환幻이라 한다. 때에 따라 나타나고 사라지기 때문이다. 나타나고 사
라지는 것은 항상 하지 않은 것이다. 동파는 칠정몽환설七情夢幻說을 듣고,
환幻을 좇아 살아온 인생을 벗고자 하는 것이다. 칠정몽환설七情夢幻說은
원각경의 요要이다.

1082 - 47세 作. 45세 1080년 1월 1일에 황주 귀양길에 올라 2월 1일 도착했다. 동파가 이른다.

"나의 도道는 기氣를 다스리기 부족하고, 성性은 습習을 다스리기 부족하다. 그 근본根本을 다스리지 않고 지엽枝葉만 다스린다면 지금 비록 고친다 해도 후에 다시 그런 짓을 반복할 것이다. 그러하니 어찌 불승佛僧에게 나아가 그것을 한 번에 깨끗이 씻어버려야 하지 않겠는가?"(道不足以御氣, 性不足以勝習. 不治其本, 而治其末. 今雖改之, 後必復昨. 盍歸誠佛僧, 求一洗之?)

또 이른다.

"황주에 처음 도착한 후, 태수를 한 번 만나고 그로부터 두문불출하였다. 고요히 은거하면서 책을 볼 수밖에 없었는데 오직 불경佛經으로서 세월을 보냈다."(初到黃州, 一見太守. 自余杜門不出, 閑居未免看書, 以佛經遺日.)

이때 주로 읽은 책이 능엄경楞嚴經, 법화경法華經, 원각경圓覺經이다. 46세에 황주성 동쪽에 있는 황무지를 개간하여 일군 밭을, 백낙천白樂天의 '보동파步東坡'에서 빌려와 동파東坡라 자호自號하여 동파거사東坡居士라 하였다. 만년에 백낙천이 자신의 전세前世라고 말한다. 동파가 이른다.

"아아 늙었구나! 몇 년의 여가를 얻어 불가佛家에 의탁하여 불전佛典을 다 밝히어, 생각에 삿됨이 없는 마음으로 여래如來의 뜻에 합할 수 있을까? 아직 소득이 없으나 자득하기를 바란다. 황주에 적거하여 일 년 내내 일이 없는지라 이 뜻을 행할 수 있을 것 같다. 그러나 황주의 절에는 이렇다 할 경장經藏이 없다."(嗚呼! 吾老矣, 安得數年之暇, 託於佛僧之宇, 盡發其書, 以無所邪心會如來意? 庶幾於無所得故而得者. 謫居黃州, 終世無事, 宜若得行其志. 而黃州之僧舍無所謂經藏者.)

무사無思, 즉 무심無心에 계합契合하고저 목표를 세운다.

47세에 정혜원定慧院, 안국사安國寺, 금산사金山寺, 귀종사歸宗寺 등의 선승禪僧과 교류하면서 견해를 넓힌다. 이후에 고승高僧을 참례參禮하여 칠정몽환설七情夢幻說을 자세히 듣고 견해見解가 높아진다. 칠정七情이 몽환夢幻인 줄 자득自得하여 밝히 알면, 칠정七情이 본래 없는 것인 줄 알게 된다. 칠정몽환설은, 곧 칠정본무설七情本無說이다. 승조僧肇대사의 본무설本無說과 같다.

선가禪家에서는 '칠정七情이 본래 없음'에 계합契合해야 정지견正知見으로 인정한다.

유가儒家에서 공자孔子 이후, 종지宗旨를 잘 밝힌 이는 당唐의 이습지李習之(772-836) 선생이다. 이습지의 본무칠정설本無七情說이 높으나 널리 알려지지 못했다. 송宋의 정이程頤와 주희朱熹의 억설臆說이 주원장朱元璋 등의 소인안목小人眼目에 그럴 듯하게 보인 바, 널리 채택되어

유가儒家를 어지럽히게 된 것이다. 정주程朱의 설은 공문孔門의 큰 병통이다.

4구에, 소동파가 칠정몽환설은 이미 배웠으나, 공부가 되어가는 듯하다가도 잡념雜念이 때도 없이 나타나면 어지럽게 된다. 생각으로 생각을 지우려는 노력이 허망하게도 잡념雜念을 더하는 병통病痛이 생기고, 고요하다가도 어느 틈엔가 잡념이 일어난다. 이러한 때에 처방을 찾게 된다는 것이다.

이치는 마음이 환幻이나 실제에는 여전히 사랑과 미움(愛憎)이 있는 것이 공부의 난제難題이다. 7구, 8구에 동파가 읊는다.

"일념一念에 미혹迷惑하여 이러한 줄 알겠거니, 한바탕 크게 울고 칠정七情을 쉬고저 하노라."

다른 일은 두지 않고 간경看經과 묵좌默坐에 힘쓰는 소동파는 다음 해, 적벽부赤壁賦를 짓는다.

6

水與月乎(前赤壁賦)
<small>수 여 월 호</small>

客亦知夫水與月乎
<small>객 역 지 부 수 여 월 호</small>

逝者如斯
<small>서 자 여 사</small>

而未嘗往也
<small>이 미 상 왕 야</small>

盈虛者如彼
<small>영 허 자 여 피</small>

而卒莫消長也
<small>이 졸 막 소 장 야</small>

蓋將自其變者而觀之
<small>개 장 자 기 변 자 이 관 지</small>

則天地도 曾不能以一瞬
<small>즉 천 지   증 불 능 이 일 순</small>

自其不變者而觀之
<small>자 기 불 변 자 이 관 지</small>

則物與我皆無盡也
<small>즉 물 여 아 개 무 진 야</small>

而又何羨乎
<small>이 우 하 선 호</small>

^유惟^강江^상上^지之^청淸^풍風

^여與^산山^간間^지之^명明^월月

^이耳^득得^지之^이而^위爲^성聲

^목目^우寓^지之^성成^색色

^취取^지之^무無^금禁

^용用^지之^불不^갈竭

^시是는 ^조造^물物^자者^지之^무無^진盡^장藏^야也

^이而^오吾^여與^자子^지之^소所^공共^락樂

객도 또한 저 강물과 달을 듣는가 ?

가는 것은 이와 같지만

일찍이 가버린 적 없으며,

차고 비는 것이 저와 같지만

마침내 사라지거나 커지는 일이 없다.

대저 장차 그 변하는 이치로부터 이를 본다면

곧 천지도 일찍이 한순간도 그대로일 수 없고,

그 변하지 않는 이치로 이를 본다면

물物과 아我가 다함이 없음이라.

또 무엇을 부러워하겠는가.

오직 강 위의 맑은 바람과

산 사이의 밝은 달만은

귀는 이것을 들어서 소리를 삼고,

눈은 이것을 만나 빛을 이루나니

이것을 취해도 금함이 없고

이것을 써도 다함이 없다네.

이는 청정광명造物者의 무진장無盡藏이요,

나와 그대가 더불어 즐길 바이다.

1083 - 48세 作. 적벽부赤壁賦는 개오開悟하기 일년 전의 견해이다. 황주에 유배 온 지난 4년간의 간경看經과 묵좌默坐의 공효功效가 반야般若의 이理를 꿰어 보았다고 하겠다.

논어論語의 서수逝水를 불생불멸不生不滅의 이理라 하고, 달이 차고 이지러지는 모습을 보이나 근본은 부증불감不曾不減이라 하며, 하늘과 땅이 늘 모습이 변화하나 근원은 변화에 속하지 않음(變而不變)을 밝혔다. 승조僧肇(383 - 414)대사의 물불천론物不遷論과 통한다. 물불천론에 이른다.

"변천하지 않기 때문에 가 버리면서도 항상 고요하고, 머물러 있지 않기 때문에 고요하면서도 항상 가버리는 것이다."

"회오리 바람은 산을 무너뜨려도 항상히 고요하고, 강물은 다투어 흘러 들어도 흐르지 않으며, 아지랑이는 아스라이 피어나도 움직이는 것이 아니며, 해와 달이 허공을 지나가도 달려 나간 것이 아니다."

물불천론이란 '사물事物은 늘 모습이 변變하나 변하는 것이 아니요, 모습이 변하는 그대로 불변不變이다.'라는 설이다. 또한 선리禪理의 종의宗義인 무념無念을 드러낸다. 무정풍월無情風月, 무정지문無情之聞, 무정지견無情之見을 간결히 읊고 본래구족本來具足한 참마음(眞心)이 '나와 그대가 더불어 즐길 바이다.'라 한다.

세상에서 '적벽부 한 편의 시가 고금古今에 우뚝하다.' 라 하는 것이
헛소문이 아니라 하겠다.

시詩의 철리哲理가 유정有情의 견해 밖을 거닐기 때문이리라. 그러
나 지해知解에 머무른지라, 참마음(眞心)이 두렷이 드러나는 미味는 보
이지 아니한다.

뒷날, 소동파가 말한다.

　"조물주造物主는 반드시 태공太空에 돌아가고, 태공太空은 사람 사
　람의 본래本來의 마음이다."(東坡云, 造物歸之太空, 太空者, 人人之本
　心也.)

장자莊子에 이른다.

　"허공虛空은 나와 함께 생겨났으며, 만물萬物과 나(我)는 하나이
　다."(天地與我竝生, 萬物與我爲一.)

뒷사람이 개용改用한다.

　"허공虛空은 나와 한 뿌리요, 만물萬物은 나와 한 몸이다."(天地與
　我同根, 萬物與我一體.)
　"성인의 마음은 천지만물과 더불어 한 몸이다."(聖人之心,　與天地
　萬物一體.)

마음공부란 스스로의 마음을 밝히는 공부이다. 스스로의 마음을 밝히면 성인의 마음과 다르지 아니함을 알게 되는 것이다. 왕유王維(701-762)의 '향적사를 찾아(過香積寺)'를 본다.

不知香積寺	길 모른 채, 향적사 찾다가
數里入雲峯	몇 리를 걸어 구름 깊은 봉우리에 들었네.
古木無人逕	고목 속으로 길은 사라졌는데
深山何處鐘	깊은 산속 어디선가 종소리 들려오네.
泉聲咽危石	샘소리는 괴석에 부딪쳐 해맑게 피어나고
日色冷靑松	햇빛은 솔숲에 차갑게 빛나네.
薄暮空潭曲	해질녘 고요한 연못가에 앉아
安禪制毒龍	禪定에 들어 번뇌를 없앤다.

* 逕경 ; 소로, 좁은 길, 지름길. 薄박 ; 엷다, 담박하다.

왕유王維는 구름 깊은 산중에서 어디선가 들리는 종소리를 듣고 홀연히 자성自性에 계합한다. 소동파가 유일하게 존숭하는 시인의 개오송開悟頌이다. 왕유王維는 이통현李通玄과 더불어 당唐 제일의 고사高士이다. 그 뒤에 이습지李習之와 장졸張拙이 있다고 할 것이다.

7

동 파 비 장 성
東坡枇杖聲

우 세 동 파 월 색 청
雨洗東坡月色清

시 인 행 진 야 인 행
市人行盡野人行

막 염 락 학 파 두 로
莫厭犖确坡頭路

자 애 경 연 비 장 성
自愛鏗然枇杖聲

지팡이 끄는 소리(杕杖聲)

비에 씻은 동파東坡, 달빛 맑고 맑으이.

도시 사람 다 떠나고 촌사람만 보이네.

얼룩소 끌어 자갈땅 개간하며, 언덕길 싫어하지 않는고야.

해맑은 태공太空에 지팡이 끄는 소리, 홀로 좋아하노라.

| **素解** |

1083 - 48세 作. 비장성枇杖聲이란 '지팡이 끄는 소리'이다. 소동파蘇東坡는 태공심太空心에 비치는 '지팡이 끄는 소리'를 듣는다. 다만 들을 뿐이다. 동파는 '다만 듣고, 다만 보는 것'의 즐거움을 느낀 것이다.

때때로 칠정七情이 절로 쉬어, '있는 그대로'의 지팡이 끄는 소리가 들리기 시작했다고 할 것이다. 소동파의 공부工夫가 익어가는 것이다.

비장성枇杖聲과 나란히 하는 왕유王維의 시중유화詩中有畵의 가편佳篇을 본다.

鳥鳴澗　조명간(새 우는 산골 시내)

人閒桂花落　　사람 한적한데 계화 떨어지고
夜靜春山空　　밤은 고요하고 봄 산은 텅 비었네.
月出驚山鳥　　달 떠오르니 산새 놀라
時鳴春澗中　　봄 시내에서 간간이 지저귀네.

淸溪　청계

淸冬見遠山　　맑은 겨울날 먼 산 바라보니
積雪凝蒼翠　　쌓인 눈에 푸른빛이 어렸어라.
皓然出東琳　　나 호연히 동림을 나왔나니
發我遺世意　　세속의 뜻을 잊었네라.

辛夷塢   신이오(목련 둑)

木末芙蓉花   나무 끝마다 연꽃같은 목련화,
山中發紅萼   산속에 붉게도 피었네.
澗戶寂無人   개울 옆 오두막, 적막히 인적 없고
紛紛開且落   꽃들은 어지러이 피었다 지네.

木蘭柴   목란시(목란 울짱)

秋山斂餘照   가을 산은 남은 빛을 거두고
飛鳥逐前侶   나는 새, 짝을 지어 돌아가네.
彩翠時分明   푸른 햇살에 빛나던 산 빛
夕嵐無處所   저녁 어스름에 사라지누나.

* 斂렴 ; 거두다. 嵐람 ; 산속의 아지랑이 같은 기운, 남기.

조명간鳥鳴澗, 청계淸溪, 신이오辛夷塢, 목란시木蘭柴는 왕유가 개오開悟 이후에 읊었다. 시어詩語가 담백청명淡白淸明한 것은 무정無情으로 그렸기 때문이다. 소동파는 왕유의 시를 보고 말을 잊었다고 하였다.

8

황주석양
黃州夕陽

久厭勞生能幾日
구 염 노 생 능 기 일

莫將歸思憂衰年
막 장 귀 사 우 쇠 년

片雲會得無心否
편 운 회 득 무 심 부

南北東西只一天
남 북 동 서 지 일 천

하나의 허공虛空

오랜 세월 힘든 인생, 몇날이나 남았는가

고향 생각으로 저무는 풍광風光을 어지러이 말게나.

한 조각 구름은 무심無心으로 노닐지 않는가

남북과 동서가 다만 한 허공虛空이라네.

| 素解 |

　1083 - 49세 作. 3구와 4구의 조각 구름(片雲)과 허공虛空은 이치理致
가 분명하다. 선악善惡과 사생死生의 밖에 하나의 허공虛空이 있을 뿐
이다. 이즈음 소동파는 응심부동凝心不動하여 깊은 삼매三昧에 든 지
수년이 되었다.

　소동파蘇東坡가 이른다.

　　"황주성 남쪽에 정사精舍가 있는데 안국사安國寺라 한다. 울창한
숲과 우거진 대나무 속에 연못과 정자亭子가 있다. 하루 이틀 간격으
로 찾아가 향香을 피우고 고요히 앉아 깊이 성찰省察하여, 나(我)와 사
물(物)이 서로 잊고, 몸(身)과 마음(心)이 빈(空) 것을 알았다.
　　죄와 허물이 생겨난 곳을 구하려 해도 찾을 수가 없었다. 일념一念
이 청정淸淨하니 더러움이 절로 없어지고, 안팎으로 소연消然하여 능
소能所가 없다. 홀로 슬며시 즐거워하며, 아침에 절에 가서 저녁에 돌
아오는 것이 이제 5년이 되었다."(得城南精舍曰安國寺. 有蕪林鬱竹陂
池亭樹. 間一二日, 和焚香默坐, 深自省察, 則物我相忘, 身心皆空. 求罪
垢所從生, 而不可得. 一念淸淨, 染汚自落表裏消然. 無所附麗, 私竊樂
之, 旦往而暮還者, 五年於此矣.)

　동파의 물아상망物我相望에는 약간의 허물이 있다. 범부가 스스로
망심妄心에 머무는 바가 있으므로 경계境界를 두는 것이다. 범부가 미
迷한 까닭은 스스로의 망심妄心에 속아 망아忘我를 지음으로써 사물事
物에 그 의意를 미루는 것이다. 심경양망心境兩忘이라 해야 가깝다. 심

경양망心境兩忘이란 마음과 경계를 모두 쉬는 것이다. 반드시 이러해야 망심이 환幻임을 확인한 것이라 할 수 있다. 망심이 환幻인 줄 알면 경계境界는 없다.

부려附麗란 기대어 짝짓다, 능소能所의 뜻이다. 부려附麗를 '맺이다, 집착하다'로 해석해도 비슷하다. 아我와 경계境界가 짝짓는 것은 맺은 바가 있기 때문이며, 맺은 바는 집착이다. 집착이 있는 까닭은 망아妄我의 습식習識이 경계境界를 두기 때문이다. 아我, 즉 망아妄我가 환幻임을 알면, 아我와 경계境界가 모두 없는 것이다.

위의 산문으로 동파의 공부가 차츰 익어가는 것을 엿볼 수 있다. 공부에 나아간 이의 거의가 이러한 과정過程을 거쳐 밝아지는 것이다.

9

동 림 계 성
東林溪聲

계 성 변 시 광 장 설
溪聲便是廣長舌

산 색 기 비 청 정 신
山色豈非淸淨身

야 래 팔 만 사 천 게
夜來八萬四千偈

타 일 여 하 거 사 인
他日如何擧似人

계곡 물소리, 산 빛에 ─

계곡溪谷의 물소리는 부처님의 항상한 설법이요

산 빛이 어찌 청정광명清淨光明의 법신法身이 아니랴.

미迷할 제, 팔만사천 게송을 두나니

다른 날, 뒷사람에게 이 소식을 어떻게 전할 것가.

| **素解** |

　1086 - 49세 作. 본제本題는 증동림상총장노贈東林常總長老이다. 동림계성東林溪聲은 소동파蘇東坡의 개오송開悟頌이다. 광장설廣長舌의 출처는 법화경 신력품神力品이다.

　3구 '夜來八萬四千偈'의 해석이 쉽지 않아 학자의 식견識見 따라 구구하다.

　　　'밤중에 팔만사천 게송을 배웠네.'
　　　'지난밤에 팔만사천 게송을 꿰뚫었네.'
　　　'밤이 되자 팔만사천 게송이 들리는데'
　　　'밤이 되자 팔만사천의 게송을 설하니'
　　　'밤사이 팔만사천 게송 있으니'

등이다. 불법佛法이란 홀로 세워진 것이 아니다. 범부凡夫에게 망심妄心이 있는 까닭에 불법이 건립建立된 것이다. 이런 까닭으로 불법을 응병여약應病與藥이라 하는 것이다.

　범부의 마음은 칠정七情이 가려져 있으므로 망심妄心을 쓰게 되는 것이다. 망심妄心의 내용은 환幻이다. 환幻이므로 공空이라 하는 것이다. 망심妄心이 본래 환幻이므로, 환幻을 환幻이라고 가르치는 내용이 불법佛法이다.

　망심妄心이 본래 없음을 증명證明하고, 진심眞心이 항상恒常하여 여여부동如如不動함을, 다만 가리켜 보이는 것을 불법佛法이라 한다.

고덕古德(圓悟克勤)이 이른다.

"내게 일체의 마음이 없거늘, 어찌 일체의 법을 씀이 있겠는가."
(我無一切心이어늘, 何用 一切法이리오).

불법佛法이란 범부의 미혹迷惑으로 일어난 가르침이다. 미혹한 망심 없이 불법이 홀로 존재한다고 하면 불법을 비방하는 것이다. 그러므로 '미迷할 제, 팔만사천 게송을 두나니' 라 함이 가하다 하겠다.

여주汝州안치의 명을 받고 1086년 4월에 황주를 떠나, 벗 참요화상參寥和尙과 함께 동림사東林寺의 동림상총선사東林常總禪師(1025-1091)를 찾아, 밤을 새워 불법의 구경究竟을 묻는다. 동림선사는 임제종 황룡파의 개조開祖인 황룡혜남黃龍慧南(1002-1069)선사의 법을 이었다. 이때, 여산廬山 귀종사歸宗寺의 진정극문眞淨克文(1025-1102)선사도 같이 있었다고 한다. 진정선사 역시 황룡선사의 법을 이었으며, 소동파의 아우 소철의 평생 도우道友이며, 장상영張商英의 스승이다. 장상영은 뒷날 동림선사에게 인가 받고 유봉종열의 법을 잇는다. 동림東林선사가 이른다.

"그대는 어찌하여 무정설법無情說法은 듣지 않고 유정설법有情說法
만 들으려 하는가?."

동파東坡거사는 말이 없었다. 아침에 하직하고 동림사를 나서서 호계虎溪의 폭포소리를 듣자마자 깨닫는다. 시를 지어 동림東林선사에게 올리니, 이것이 '동림계성東林溪聲'이다. 동림계성의 요要는 본무칠정本無七情이다.

동림계성東林溪聲의 기교와 군더더기가 거슬린다고 하는 선객禪客도 있다. '바로(便是)', '어찌 아니랴(豈非)', '다른 날(他日)'이 덧말이라는 것이다. 다만 '계곡 물소리(溪聲)', '산 빛(山色)'이면 족하다고 한다. 처음 오문悟門에 들더라도, 이전의 시습詩習의 군더더기가 말끔히 사라지는 것이 쉽지 않다.

여산진면목廬山眞面目, 무하유無何有, 시법詩法 등에서 동파거사의 진풍眞風이 드러난다. 어떤 선객禪客이 동림계성東林溪聲 위에 구름 한 조각을 얹는다.

東坡居士太饒舌	동파거사는 혀가 넉넉해서
*聲色關中欲透身	소리와 빛깔 가운데서 몸(法身)을 나투네.
溪若是聲山是色	계곡의 시냇물소리, 산의 빛깔이라면
*無山無水好愁人	산도 없고 물도 없는 것이 시름 있는 이에게 좋으리.

* 2구의 투신透身의 신身을 법신法身으로 보아 '몸을 나투네'라 한 것이다. 신身을 육신肉身으로 본다면, '몸을 뛰쳐나네'라 하는 것이 바르다.
* 4구의 '無山無水'는 몸과 마음을 잊은 자리이다. 동파의 개오송에 칠정七情의 그림자가 남아 있음을 지적하는 것이다.

소동파거사는 '무정無情의 설법說法'을 들을 수 있게 된 것이다. 이런 연후에 참 공부에 나아가는 것임을 배우는 이는 알아야 한다. 동진

東晉의 승조僧肇, 혜원蕙園 이후, 일제一題가 있었으니 취죽황화론翠竹黃華論이다.

靑靑翠竹	푸르고 푸르른 대나무가
盡是法身	온전한 법신法身이요.
鬱鬱黃華	(뜰 가득) 활짝 핀 황화黃華가
無非般若	반야般若 아님이 없다.

취죽황화翠竹黃華는 논쟁의 명제가 되어 신회神會(670-762)선사의 꾸지람이 있었으나, 글을 보는 관점觀點이 달랐을 뿐이다.

소동파 이전에 황벽黃檗(?-850), 조주趙州(778-897), 운문雲門(864-949) 등의 선사가 무정설無情說을 널리 폈다. 그러나 교가敎家의 강백講伯들이 모두 수긍하는 것은 아니었다. 동파거사의 '계성溪聲과 산색溪聲' 이후에는 교가에 논쟁이 사라졌다. 무정설법無情說法이 자리매김한 것이리라. 취죽황화翠竹黃華와 계성산색溪聲山色을 남화경의 '天地與我竝生, 萬物與我爲一.(천지와 내가 더불어 생하였고, 만물과 내가 하나다.)'에 준거를 두기도 하나, 의지意旨가 다르다.

* 호계虎溪 ; 혜원蕙園, 육수정陸修正, 도연명陶淵明의 호계삼소虎溪三笑 일화의 동림사東林寺의 호계虎溪와 동일처이다. 뒷날, 소동파가 자신이 전세에 도연명이었다고 말한다. 만약 그렇다면 소동파는 전세에 거닐던 곳을 곡조曲調를 달리하며 거니는 것이리라. 향산사香山寺를 찾고 동파東坡라 자호自號한 것도 또한 같은 감회가 있는 것이다.

10

여 산 진 면 목
盧山眞面目

횡 간 성 령 측 성 봉
橫看成嶺側成峰

원 근 고 저 각 부 동
遠近高低各不同

불 식 여 산 진 면 목
不識盧山眞面目

지 연 신 재 차 산 중
只緣身在此山中

여산廬山의 참모습

가로 보면 산줄기, 옆에서 보면 봉우리
원근고저遠近高低 보는 데 따라 다르게 보이네.
여산廬山의 진면목眞面目을 알 수 없는 까닭은
다만 몸이 여산廬山 속에 있는 탓일세.

1084 - 49세 作. 동림선사를 하직하고 벗 참요화상參寥和尙과 함께 여산廬山을 구경하다가 지은 시다.

범부가 자신의 진면목眞面目을 보지 못하는 것은, 몸을 나(我)라 여기며 칠정七情 가운데 있기 때문이다. 소동파는 이 도리道理를 밝히 알아, 여산廬山에 빗대어 사람들이 스스로의 진면목眞面目을 보지 못하는 까닭을 간명히 표현한 것이다.

여산진면목廬山眞面目이 어찌 소동파蘇東坡 선생先生이 홀로 즐길 바이랴. 온 세상에 넓혀져서 모든 사람이 스스로의 진면목眞面目을 밝히는 날을 기대해 본다.

소동파의 공부는 황주유배를 통해 밝아진다. 개봉開封에서 문명文名을 날리며 옳다 그르다 다투는 무리 속에 있었다면, 사상思想은 도道에 가까우나 실오實悟는 멀었을 것이다.

소동파가 이 시에서 진심眞心을 진면목眞面目이라 부른 뒤부터 선가禪家에서 진면목眞面目이란 말을 쓰게 되었다. 진심眞心의 이름이 하나 더 추가된 것이다. 뒷날 '柳綠花紅眞面目' 이라고 읊는다.

"버들 푸르고 꽃 붉은 도리가 그대의 진면목일세."

선사禪師들이 학인學人을 이끌 때, "어떤 것이 그대의 진면목眞面目인가?" "어떤 것이 부모미생전면목父母未生前面目인가?"라고 질문한다. 즉 어떤 것이 그대가 부모를 만나 태어나기 전의 참모습인가? 란 뜻이다. 진면목眞面目의 면목面目은 마음을 가리키는 것이다. 배우는 이는 진면목眞面目이 모습 없고 이름 붙일 수 없으나, 무시무종無始無終으로 항상하게 대광명大光明을 토吐하는 줄 알아야 할 것이다. 여산진면목廬山眞面目의 제題와 내용內容을 의해義解하면 아래와 같다.

나의 참모습

이리 보면 이러하고, 저리 보면 저러하네.

처소處所와 때에 따라 달리 보이누나.

나의 참모습을 알 수 없는 까닭은

몸을 나로 여기며, 칠정七情 속에 있는 까닭일세.

11

무 하 유
無何有

문 아 하 처 래
問我何處來

아 래 무 하 유
我來無何有

훈 풍 자 남 래
薰風自南來

초 당 생 미 량
艸堂生微凉

무하유無何有

어느 곳에서 왔느냐고 내게 물으면

나는 무하유無何有에서 왔다 하리.

해맑은 바람(薰風)이 스사로 남에서 불어오니

처마 끝에 희미하게 서늘함이 생生하누나.

* 薰風 ; 東南에서 부는 바람. 八風의 하나.

| **素解** |

1087 - 50세 作. 소동파蘇東坡 상시上詩 중의 하나이다.

1구는 인생의 근원을 묻는다. 2구는 무하유無何有에서 왔다고 한다. 무하유無何有는 장자莊子에 나오는 말이다. 무하유지향無何有之鄕이란 '어떤 것도 없는 곳'인데, '어떤 것'이란 칠정七情이다. 칠정은 범부의 마음이다. 시비是非와 선악善惡이 끊어진 곳이 무하유지향이다. '곳'이라 표현했지만 처소가 아니다. 무하유無何有란 사람의 본래면목本來面目이요, 참마음(眞心)이다.

소동파거사가 '나는 무하유無何有에서 왔다 하리'라 했으나 '오고 감'이 있다는 뜻이 아니다.

2구는 '참 나(眞我)는 오고 가거나 머무는 바 없다.'의 뜻이다. 3구, 4구는 원래 유공권柳公權(777-865)의 시구다. 당 문종文宗이 '人皆苦炎熱하되 我愛夏日長이라(사람들은 모두 더위가 괴롭다지만 나는 긴 여름날을 사랑하네)' 읊자, 유공권이 '薰風自南來하니 殿閣生微凉이라' 읊었다. 원의原意는 아부성阿附性이나 소동파 선생이 가져와 선구禪句로 청화淸化시킨 것이다.

사구死句를 활구活句로 만든 것이다. 작시作詩에 자유로운 소동파의 면모를 볼 수 있어, 천청天淸을 만나는 것이라 하겠다. 샘물은 뭇 생명을 살리는 생명수이나, 뱀이 마시면 독을 생하는 것과 비교할 수 있다.

무하유無何有가 이 시詩의 요要이다. 선시禪詩에는 한 마디의 요要가 있으니, 후학은 먼저 눈과 귀를 열어야 한다.

3구, 4구는 원오극근선사圓悟克勤禪師(1063-1125)가 인설引說하였다. 1125년 원오선사가 천령사天寧寺에서 개당하여 설했다.

어떤 승이 운문雲門(864-949)선사에게 묻는다.
"어떤 것이 모든 부처님께서 몸을 나투신 곳입니까?"(如何是, 諸佛出身處닛고.)
운문선사가 대답하였다.
"동산이 물 위를 가는 것이니라."(東山水上行이니라.)
원오선사가 말하였다.
"나(圓悟)는 그렇게 하지 않겠다."(吾不然.)
원오선사가 대혜大慧를 향해 말하였다.
"해맑은 바람이 스사로 남에서 불어오니, 처마 끝에 서늘함이 희미하게 생하누나."(薰風이 自南來하니 艸堂에 生微凉이라.)

원오선사의 설법 끝에 대혜大慧선사가 홀연히 앞뒤의 시간이 끊어지고 응심부동凝心不動하더니, 수 일의 선정禪定 후, 개오開悟한다. 이후 대혜선사는 보기천성保其天性 임기자재任其自在하여 남송南宋의 종장宗丈이 되어 선풍禪風을 드높힌다. 고려의 보조지눌普照知訥선사가 대혜선사를 존숭하였다.

대혜선사가 소동파의 시구詩句에서 기연機緣을 일으킨 것이라 하겠다. 정인正人은 사어邪語를 활구活句로 바꾸는 두렷한 기운이 있는 것이다.

12

세 한 인
歲寒人

낭 예 부 화 불 변 춘
浪蕊浮花不辨春

귀 래 방 식 세 한 인
歸來方識歲寒人

회 두 자 소 풍 파 지
回頭自笑風波地

폐 안 료 관 몽 환 신
閑眼聊觀夢幻身

세한인歲寒人

흔들리는 꽃봉오리에 취해, 봄을 보지 못하고
돌아와서 비로소 본래 사람(歲寒人) 알았네.
생각하며 웃노라 풍파 겪은 자리
눈 감고 오롯 보나니, 꿈속의 환신幻身 이거다.

| 素解 |

1086 - 51세 作. 세한인歲寒人은 진면목眞面目, 진심眞心의 뜻이다. 세
한歲寒은 논어論語에서 빌린 말이다. 추위가 깊어 온갖 나뭇잎이 누르
게 된 연후에 소나무와 잣나무의 '늘 푸르름'을 알게 된다는 뜻이다.

온갖 잡념雜念이 그친 연후에야 참마음의 '늘 푸르름'의 불변不變을
보게 되는 것이다. '늘 푸르름'이란 진심眞心을 가리킨다. 소동파는 공
자孔子 사무사思無邪의 진지眞旨를 잘 이해한 것이다.

이렇거나 저렇거나 세상살이는 모두 환幻이다. 칠정七情의 밖을 논
論코자 하나 소동파에게도 그런 벗은 드물다. 세한인歲寒人은 환幻임을
밝히 알아, 무심無心에 거처居處함이 넉넉하다.

* 세한歲寒은 논어論語 자한편子罕篇 27章에 보인다.
  子曰 歲寒 然後에 知松栢之後彫也니라 -彫조 ; 마르다.
  공자가 말씀하였다. "날씨가 추워진 연후에 소나무잎과 잣나무잎이 뒤늦게
  마르는 것을 알 수 있는 것이다."

* 주희朱熹는 '歲寒然後 知松栢之後彫'의 해설에 정이程頤의 문인 사량좌謝良
  佐의 말을 빌려 적었다. 사량좌는 소위 정이程頤 문하 4선생 중에 한 사람이
  다. 주희가 사량좌의 생각을 따른다는 뜻이다. 사량좌의 해설을 아래에 옮
  긴다.

* 謝氏曰 士窮에 見節義하고 世亂에 識忠臣이니 欲學者는 必周于德이니라.
  사량좌가 말하였다. "선비가 궁할 때에 절의를 볼 수 있고, 세상이 어지러울

때 충신을 알 수 있는 것이니, 배우는 자들이 반드시 덕에 완비하고자 한 것이다."

* 공자는 도道의 근원을 송백松柏에 비유하였는데, 사량좌는 절의節義와 충신忠臣 운운云云한다. 공자는 군자의 마음을 가르치나, 사량좌는 소인小人과 중인中人의 마음으로 해석하여, 덕德에 나아감이 절의節義로써 마음씨를 굳건히 하는 것으로 바탕을 삼는 것이라고 한 것이다. 안회가 죽은 뒤, 공자가 통곡한 까닭이 여기에 있는 것이다. 대학大學은 공자가 가르친 공부工夫길의 대요大要이다.

대학의 처음에 '명명덕明明德하라' 즉 스스로의 명덕明德을 밝히라고 하였다. 명덕은 성性이다. 사람 사람이 모두 갖추고 있는 자신의 성性을 밝히는 것이 곧 도道를 밝히는 것이다. 사량좌가 위와 같이 엉뚱하게 붙인 해설을 주희가 따르니, 명明나라 이후의 학자들은 주희가 집대성集大成하였다 하여, 더욱 공자의 도학道學을 어지럽히게 되었다. 주희의 해설이 이와 같아서 사서四書 가운데 반듯하게 해설한 곳은 열에 한둘 정도에 불과하다. 대개가 중인中人이 지키고 나아갈 바에 그치는 것이다.

* 소동파는 견처가 밝아져서 공자가 세한歲寒이라 한 뜻에 넉넉하게 계합契合하였다. 당송 이후의 유자儒者 가운데 동파만이 세한歲寒의 뜻을 적연부동寂然不動의 불생불멸不生不滅로 풀었다고 할 것이다.

13

관 대
觀臺

삼 계 무 소 왕
三界無所往

일 대 료 자 우
一臺聊自宇

진 로 부 백 골
塵勞付白骨

적 조 기 황 정
寂照起黃庭

참마음(眞心)이 현현顯現하네.

욕계欲界 색계色界 무색계無色界 오갈 바 없나니
누대樓臺에서 스스로 편안할 뿐,
티끌 번뇌煩惱는 백골白骨에 부치고
고요히 비추나니, 참마음이 현현顯現하네.

1090 - 55세 作. 항주 관대觀臺에서 읊은 시이다. 황정黃庭이란 진심
眞心의 뜻이다. 소동파가 스스로의 참마음(眞心)이 성성惺惺함을 보인
것이다.

운문선사雲門禪師의 게송을 본다.

萬里足下靑	만리 허공虛空이 발아래 푸르른데
東山水上行	동산東山이 물 위를 가누나.
吾道此是中	나의 도道는 이 가운데 있나니
行之貴日惺	행行함에 나날이 성성惺惺함을 귀히 여기네.

'동산이 물 위를 가누나.' -東山水上行- 은 선문禪門에 널리 회자되
는 공안公案이다. 수행자는 동산수상행東山水上行을 꿰뚫은 연후에 곧
바로 일어서고, 곧바로 가는 도리를 알 수 있다고 하겠다.
곧바로 일어서고, 곧바로 갈 수 있게 된 이후에 성성공부惺惺工夫에
나아갈 수 있다. 배우는 이는 모름지기 운문雲門의 관문關門을 넘어야
비로소 불법佛法을 안다고 할 수 있으리라.

참마음이 현현顯現해야 전성前聖의 도道를 밟을 수 있다. 참마음이
현현顯現한 이는 한결같이 정情, 즉 칠정七情이 본래 없는 것이라 한다.
고자告子가 말한다.

"성性이 선善과 불선不善의 구분이 없음은 마치 물이 흐름에 동서東西를 구별함이 없는 것과 같다. 성性은 선善함도 없고 불선不善함도 없다."(性之無分於善不善也, 猶水之無分於東西也. 性無善無不善也. -孟子 告子2章-)

고자告子의 설은 성性에는 선善과 악惡이 없다는 뜻이다. 선악善惡은 정情이다. 범부는 정情으로 만사萬事에 응應하나, 참마음이 현현顯現한 이는 오직 성性으로 만사에 응한다. 맹자孟子는 고자告子의 설을 비난하다가 뒷날에 고자의 설을 긍정肯定하여 말한다.

"그 정情으로 말하면 선善하다고 할 수 있으니, 이것이 내가 선善하다라고 하는 것이다."(孟子曰, 乃若其情則可以爲善矣, 乃所謂善也. -孟子 告子6章-)

맹자가 성性에는 정情이 없다고 한다. 맹자가 정情이 환幻인줄 안 연후에 말을 고친 것이다. 뒷사람들이 맹자가 성선설性善說을 주장했다고 한다. 이는 其情則可以謂善의 뜻을 이해하지 못한 까닭이다. 어찌 생각으로 헤아려 정情이 환幻인 줄 알 수 있겠는가. 맹자도 만년에야 정情이 환幻임을 알았다. 그런 까닭에 덕혜술지德慧術知의 시절에는 사단四端이 칠정七情인줄 알지 못했던 것이다.

소동파는 참마음이 현현하여 몸과 칠정七情을 잊고 오직 성성惺惺을 귀히 여기며 소요逍遙한다.

14

兩^양忘^망

吾^오生^생如^여寄^기耳^이

何^하者^자爲^위禍^화福^복

不^불如^여兩^양粗^조忘^망

昨^작夢^몽那^나可^가逐^축

양망兩忘

나의 인생, 잠시 이 세상에 기댄 것일 뿐
무엇이 화禍가 되고 복福이 되는 것가?
화禍와 복福, 모두 거칠게 잊음과 같지 아니하리
어찌 어젯밤의 꿈을 따라가겠는가?

1091 - 56세 作. 56세에 조정에 잠시 돌아왔을 때, 왕진경에게 답한다.

　　"어찌 어젯밤 꿈을 좇아가겠는가."(昨夢那可逐.)

　지난 5년의 황주유배가 다만 몽환夢幻이었을 뿐임을 초연超然히 밝히고 있는 것이다. 화禍와 복福을 벗은 소동파, 도심풍모道心風貌가 보인다.

　화禍와 복福의 바깥에 거처하려면 먼저 칠정七情이 몽환夢幻인 줄 알아야 한다. 맹자孟子도 참마음이 현현顯現한 이후에 정情이 환幻임을 알았다. 맹자의 설에, 졸년卒年 가까이의 말 몇 마디 외에는, 거의가 정情에 기반하여 선善에 거처하여 의義를 세워야 한다고 하였다. 이를 두고 정이程頤는 "맹자는 말씀마다 인의仁義라 하였다." 하며 칭송한다. 정이는 도심道心을 향했으나 끝내 밝히지 못하고, 인심人心(七情)에 몸을 두고 도심道心(眞心)을 추측했을 뿐이다.

　인의설仁義說이란 칠정七情을 쉬어 인仁에 거닐면, 일용행사日用行事에 의義가 절로 갖추어지는 것을 알지 못했던 때의 맹자가 주장했던 설이다.

　칠정七情으로 인생을 꾸리는 범부가 칠정七情이 환幻이어서 본래 없는 것이라고 하면 어찌 믿을 수 있겠는가. 그러므로 공자孔子는 도道가 말하기 어렵다는 것을 알고 음양陰陽을 빌려서 "한번 음陰하고, 한번

양陽하는 것을 도道라 한다.(一陰一陽之謂道.)”고 한 것이다. 음양陰陽
이란 참마음의 동정動靜을 가리킨다. 덕혜술지德惠術知의 학자들은 동
정動靜을 체용體用으로 분별하여 두 물건으로 삼아서 하나니, 둘이니,
붙였다 뗐다 하며 다툰다. 범부들은 체體와 용用의 도리가 참마음의 적
연부동寂然不動을 드러내기 위한 논리적 수단인줄 알지 못한다.

참마음은 언제나 적연부동寂然不動이다. 불이나 물, 사생死生 등 어
떠한 경우의 변화에도 불변不變이다. 맹자는 말한다.

> “성性은 비록 천하에 행해져도 더 보태지지 않으며, 비록 비루하게
> 거처하더라도 줄어들지 아니한다. 성性은 그 분수가 불변不變인 것이
> 다.”(性雖大行不加焉, 雖窮居不損焉. 分定故也. -孟子 盡心上 21章-)

맹자가 ‘성性은 늘거나 줄지 않는다.’ (性者, 不加不損也.)라 한 것이
다. 이는 맹자 만년의 밝은 견처見處이다. 화복禍福이란 칠정의 변화 따
라 오욕五慾의 낙처가 짓는 과果이다. 만약 칠정이 없으면 화복禍福의
변화에서 벗어날 수 있는 것이다.

소동파가 말한다.

> “정情의 변화가 그를 어지럽히고, 화복이 그를 위협하며, 알 수 없
> 는 바가 그를 현혹시킨다. 변화는 유명幽明보다 큰 것이 없고, 화복은
> 사생보다 맹렬한 것이 없으며, 알 수 없는 바는 귀신보다 심한 것이 없
> 다. 이 세 가지를 안다면 그 나머지로는 사람을 가릴 수 없다. 참으로
> 가리는 것이 없다면 그 사람은 확실히 천지天地와 같아질 것이다.”

15

^시^법 詩法

^세細 ^사思 ^내乃 ^불不 ^연然

^진眞 ^교巧 ^비非 ^환幻 ^영影

^욕欲 ^령令 ^시詩 ^어語 ^묘妙

^불不 ^염厭 ^공空 ^차且 ^정靜

^정靜 ^고故 ^료了 ^군群 ^동動

^공空 ^고故 ^납納 ^만萬 ^경境

^아我 ^심心 ^공空 ^무無 ^물物

^만萬 ^상象 ^자自 ^왕往 ^환還

시법詩法

자세히 생각하면 곧 어긋나나니

참 기교는 환幻 같은 생각의 그림자가 아니어다.

시어詩語가 현묘玄妙에 나아가려면

공리空理와 청정淸淨을 싫어하지 않아야 하리.

지극히 고요함으로 온갖 칠정七情의 근원을 보고

공리空理를 자득自得해야 온갖 경계境界를 용납容納 한다네.

나의 마음 텅 비어 칠정七情이 없나니

삼라만상森羅萬象이 스스로 왕래하네.

| 素解 |

1091 - 56세 作. 1구와 2구는 도道는 생각이 끊어진 자리에서 드러나는 것을 가리킨다.

3구와 4구는 시어詩語의 현묘함을 얻는 길은 공리空理를 깨달아 진심眞心의 청정淸淨에 계합해야 함을 의미한다.

5구는 산란한 마음이 쉬고, 지극히 고요함에 들어야 진심眞心이 드러난다는 것이다.

6구는 공리空理를 자득해야 세상의 온갖 경계가 나타나고 사라짐에 초연히 용납할 수 있다고 하는 것이다. 7구와 8구는 동파의 경지를 스스로 밝힌다. 만약 이와 같지 아니하면 속시俗詩에 불과하다고 하는 것이다.

소동파에 의하면 시법詩法의 요要는 정정靜과 공空이다. 정정靜과 공空은 둘이 아니다.

공空을 알고자 하면 먼저 정정靜이 지극한데 이른 연후에, 공空을 자득自得할 수 있는 것이다.

범부의 마음은 모두 잡념雜念이다. 잡념雜念이 고요해지면 잡념이 사라진 것이다. 이러하듯 나타났다가 사라지는 것은 실체가 없는 인식認識의 환幻이다. 인식認識과 기억記憶은 환幻이라, 실재實在하지 아니하므로 공空이라 하는 것이다.

잡념이 환幻인 줄 어떻게 확인하는가. 다만 잡념이 온전히 사라지면 잡념이 본래 없는 것인 줄 알게 된다. 고요함이 지극하여 잡념이 쉬는 길 외에 다른 방도가 있는 것이 아니다.

잡념이 고요해지면 참마음(眞心)이 절로 드러나는 것이다. 그러므로 공空은 무無의 뜻이다.

소동파는 정靜과 공空을 좋아해야 한다고 한 것은 정靜 내용을 밝혀 공空의 참뜻에 통해야 한다는 뜻이다. 칠정을 쉬어서 참마음(眞心)이 드러나면, 비로소 정情이 본래 공空한 것인 줄 알게 된다. 정情의 꿈에서 깨어나면 다시는 정情의 노예가 되지 않기 때문이다.

원각경圓覺經에 이른다.

"일체의 모든 중생이 대해탈을 얻지 못하는 것은 모두가 탐욕貪慾 때문에 생사生死에 떨어져 있기 때문이다. 만약에 증애憎愛와 함께 탐貪진瞋치痴를 끊어버리면 차별성을 인하지 않고 모두가 불도佛道를 이룬다."

범부의 모든 마음, 즉 잡념雜念인 정을 쉬어 끊어버리면 진심眞心이 절로 밝아져 불도佛道를 이룬다는 뜻이다.

시법詩法도 마음의 작용인 바, 그 요要는 불법佛法과 다르지 않음을 소동파는 설說하고 있다.

16

無情送潮
무 정 송 조

有情風萬里捲潮來
유 정 풍 만 리 권 조 래

無情送潮歸
무 정 송 조 귀

問錢塘江上
문 전 당 강 상

西興浦口
서 흥 포 구

幾度斜暉
기 도 사 휘

不用思量古今
불 용 사 량 고 금

俯仰昔人非
부 앙 석 인 비

誰以東坡老
수 이 동 파 노

白首忘機
백 수 망 기

正春山好處
정 춘 산 호 처

空翠烟霏
^공^취^연^비

算詩人相得
^산^시^인^상^득

約他年東還海道
^약^타^년^동^환^해^도

願謝公雅志莫相違
^원^사^공^아^지^막^상^위

西州路
^서^주^로

如我與君稀
^여^아^여^군^희

不應回首
^불^응^회^수

爲我沾衣
^위^아^첨^의

空翠烟霏 (공취연비)

算詩人相得 (산시인상득)

約他年東還海道 (약타년동환해도)

願謝公雅志莫相違 (원사공아지막상위)

西州路 (서주로)

如我與君稀 (여아여군희)

不應回首 (불응회수)

爲我沾衣 (위아첨의)

무정無情을 보는가

유정有情 바람이 만리에 조수를 몰고 왔으나
무정無情으로 조수潮水를 돌려보내네.
묻노라, 전당강 위의
서흥 부둣가에서
몇 번이나 저녁노을을 보았던가.
고금古今을 헤아릴 것 없다네.
눈 깜짝할 사이에 옛사람이 아니거이
누가 동파東坡 늙은이처럼
백발白髮이 되어서야 세상 일을 잊겠는가.
기억나는구나, 서호의 서쪽 기슭
봄 산 아름다운 곳곳.
푸른 하늘, 피어나는 연기가 모락모락
시인의 정취 서로 어우러나
나와 그대, 경계境界가 다르다네.
훗날 뱃길로 동쪽으로 돌아갈 것을 약속하노이
사공의 맑은 뜻을 서로 어기지 맘세나.
서주의 길에서
고개를 돌려
날 위해 옷깃을 아니 적셔야 하거이.

1091 - 56세 作. 원제原題는 팔성감주八聲甘州이다. 젊은 시절에 벗이 된, 항주의 참요화상에게 보내는 시다. 예전에 참요화상이 머나먼 황주 유배지까지 찾아왔었다. 벗이 유정有情으로 찾아왔으나 소동파 선생은 무정無情으로 돌려 보냈다는 것을 술회한다.

> "유정有情 바람이 만리에 조수를 몰고 왔으나, 무정無情으로 조수潮水를 돌려보내네."(有情風萬里券潮來, 無情送潮歸.)

어찌하여 그런가. 동파선생은 칠정七情을 여의었기 때문이다.

> "나와 그대, 경계境界가 다르다네."(如我與君稀.)

그런 까닭에 소동파 선생과 벗과는 '같은 데가 드물다' 고 한다. 참요화상은 감정感情을 중시하는 시승詩僧이다. 참선공부에 힘을 다하여 속히 칠정七情에서 벗어나라는 뜻이다. 소동파 선생은 세상을 한 방울의 물거품으로 보는데, 벗이 동참하여 더불어 즐길 수 없음에랴.

17

禍福不擇
화 복 불 택

人生所遇無不可
인 생 소 우 무 불 가

南北嗜好知誰賢
남 북 기 호 지 수 현

死生禍福久不擇
사 생 화 복 구 불 택

更論甘苦爭蚩姸
갱 론 감 고 쟁 치 연

* 嗜기 ; 즐기다. 좋아하다.   蚩치 ; 어리석다. 추하다.   姸연 ; 곱다.

사생死生과 화복禍福

　살다보면 어떤 일도 겪을 수 있거니

　남쪽과 북쪽의 기호嗜好에 누가 현명한가.

　생과 사, 화禍와 복福은 선택에서 벗어나 있는데

　달고 쓰고를 읊조리고, 추하고 아름다움을 다투누나.

| 素解 |

1092 - 57세 作. 인생을 살다보면 가난, 억울한 옥살이, 갖가지 불행, 병病, 죽음 등 어떠한 일도 겪을 수 있다. 이렇게 살거나 저렇게 사는 것, 어느 것이 나은 삶인가. '참 나(眞心)'를 알지 못하는 삶이 불행한 삶이 아니겠는가.

대저 생사화복生死禍福은 거의가 결정된 업業의 소산所産이거늘 사람들은 부질없이 이利를 따라 출렁이며 밉고 곱고, 쓰고 달고, 아름답고 추함을 다툰다.

또한 자식을 위한다고 물불을 가리지 않는 경우도 있다. 범부의 삶이란 총명聰明과 힘(名權)을 앞세우고 세욕世欲의 파도 따라 칠정七情을 쓰는 것이다.

누가 칠정七情이 환幻인 줄 알고도 범부의 삶을 고집하겠는가. 칠정七情은 잡념雜念일 뿐이다. 혹여 칠정七情이 환幻이라는 소식消息을 들으면 걸음을 멈추고, 인생의 근원을 생각해보아야 할 것이다.

인생이 꿈인 줄 알았다면, 꿈밖의 소식을 알아서 그 즐거움을 누려야 할 것이 아니겠는가?

황제의 자리를 버리고 입산수도入山修道한 청 세조(淸, 世祖) 순치제順治帝의 입산시入山詩를 본다.

-前略-

未生之前誰是我　이 몸이 나기 전에 그 무엇이 내 몸이며
我生之後我是誰　세상에 태어난 뒤 내가 과연 누구런가.

長大成人裳是我 　자라나 사람되어 잠깐 동안 나라더니
合眼朦朧又是誰 　눈 한 번 감은 뒤에 내가 또한 누구런가.

兒孫自有兒孫福 　자손들은 스스로 제 살 복 타고나니
不爲兒孫作馬牛 　자손을 위한다고 마소노릇 하지하오.
古來多少英雄漢 　수천 년 역사 위에 많고 적은 영웅들이
南北東西臥土泥 　사방에 널려있는 한줌 흙에 불과하네.

來時歡喜去時悲 　올때는 기뻐하고 갈때는 슬퍼하니
空在人間走一回 　공연히 인간세상 한바퀴 돌았구나.
不如不來亦不去 　애당초 오잖으면 갈일조차 없으리니
也無歡喜也無悲 　기쁨이 없었는데 슬픔인들 있을손가.

每日淸閑自己知 　나날이 한가로움 스스로 알지니
紅塵世界苦相離 　홍진에 있더라도 온갖 고통 여의리라.
口中吃的淸和味 　입으로 맛들임은 시원한 선열미요
身上願被白衲衣 　몸 위에 걸친 것은 해맑은 누더기로다.

四海五湖爲上客 　오호와 사해에서 칠정 없는 객되어
逍遙佛殿任君棲 　자성을 밝혀 성품따라 노닐세라.
莫道出家容易得 　세속 잊고 공부하기 쉽다 하지마소
昔年累代重根基 　숙세에 쌓아놓은 뿌리없이 아니되네.

-後略-

18

^미未 ^회會

^자子 ^언言 ^오吾 ^유有 ^도道

^차此 ^리理 ^군君 ^미未 ^회會

^형形 ^해骸 ^일一 ^진塵 ^구垢

^귀貴 ^천賤 ^양養 ^초艸 ^목木

그대는 알지 못하네!

그대는 내게 도道가 있다고 말하나
그대는 이 도리道理를 알지 못하네.
모습 있는 것은 모다 하나의 티끌이거니
귀貴와 천賤은 초목草木의 거름으로 쓸 뿐.

| 素解 |

　1092 - 57세 作. 왕진경王晉卿거사는 시詩와 서書와 화畵에 능하며, 소동파의 오랜 벗이다. 왕거사는 불법佛法을 존숭尊崇하고 간경看經과 묵좌默坐에 힘쓰는 자이다. 왕거사가 약간의 견처見處가 생겨 아는 체 한다.

　　"동파선생에게 도道가 있음을 알겠다."

고 하니, 동파선생이

　　"그대는 이 도리道理를 알지 못하네."

라 한다. 이것은 벗의 미회未會를 보아, 깊은 공부의 필요必要를 지적指 摘하는 것이다.

　소동파의 문인門人이며 시詩와 서書에 일가를 이룬 황정견黃庭堅 (1045 - 1105)은 황룡조심黃龍祖心선사에게서 개오開悟하였다. 장졸張拙, 소동파, 장상영張商英과 더불어 북송北宋의 사대거사四大居士이다. 황 정견이 도道를 알지 못하면서 입으로 무심無心이니, 소요逍遙니, 인仁 이니 하면서 거들먹거리는 문사文士를 나무라며 공부길을 가리키는 시 詩, 관인觀仁을 본다.

觀仁

癡屬根本業	어리석음으로 근본업에 붙어
愛爲煩惱阮	사랑은 번뇌의 비파를 뜯네.
輪廻幾許劫	얼마나 오랜 겁劫을 윤회하였던가.
只爲造迷盲	미혹迷惑하여 눈먼 채로,
輪廻幾許劫	오랜 겁劫을 윤회하는 동안
不解了無明	무명無明을 풀지 못하였네.
君看渡奈河	그대들이 내하死門를 건널 적에
誰是嘍囉漢	누가 수다쟁이를 옳다고 하랴.
寄語諸仁者	말로만 인仁이라 하는 자들아,
仁以何爲懷	인仁을 어찌 품을 수 있겠는가.
歸源知自性	근원으로 돌아가 자성自性을 알면
歸源知自性	자성自性이 곧 여래如來라네.

* 根本業 ; 3細 6麤.

* 奈河 ; 死門.

* 仁 ; 無爲의 眞心, 유가儒家의 학자들이 인仁이 곧 도심이요, 모든 유자儒者들이 나아가야 할 유일한 목표인 줄 알지 못하는 까닭에 성성性을 둘로 나누고 이理니, 기氣니 하며 자설自說을 세우기 좋아하는 것이다. 공자孔子의 제자라 자처한다면 오직 인仁을 자득自得하지 못함을 부끄러워해야하는 것이다.

19

아 미 타 불 송
阿彌陀佛頌

불 이 대 원 각
佛以大圓覺

충 만 하 사 계
充滿河沙界

아 이 전 도 상
我以顚倒想

출 몰 생 사 중
出沒生死中

운 하 이 일 념
云何以一念

득 왕 생 정 토
得往生淨土

아 조 무 시 업
我造無始業

본 종 일 념 생
本從一念生

기 종 일 념 생
旣從一念生

환 종 일 념 멸
還從一念滅

생 멸 멸 진 처
生滅滅盡處

즉 아 여 불 동
則我與佛同

아미타불阿彌陀佛송

대원각大圓覺의 부처님은

하사계河沙界에 충만充滿하신데

나는 전도顚倒된 생각으로

생사生死 가운데 출몰出沒하는구나.

어찌 일념一念에 갇혀서

정토淨土에 가서 나리오.

내가 지은 무시업無始業은

본래 일념一念에서 생겨난 것

이미 일념一念에서 생겨난 것이라면

도로 일념一念에서 멸멸滅하여지는 것이니

생生과 멸滅이 다 없어진 곳에

나와 부처가 다르지 않네.

1093 - 58세 作. 육조대사六祖大師(638-713)가 이른다.

"앞생각이 미혹迷惑하면 범부凡夫요, 뒷생각이 깨치면 곧 부처라. 앞생각이 경계境界에 머물면 번뇌煩惱가 되고, 뒷생각이 경계境界를 여의면 곧 보리菩提니라." 前念이 迷하면 卽凡夫요, 後念이 悟하면 卽佛이며, 前念이 着境하면 卽煩惱요, 後念이 離境하면 卽菩提니라.

규봉선사圭峰禪師(780-841)가 이른다.

"다만 한 생각(一念)이라도 생기지 않으면, 한 생각 이전의 인식과 한 생각 이후의 인식이 끊어진다. 마치 눈병이 나으면 헛꽃이 없어지는 것과 같다. 중생이 부처이지만 그러한 줄 아는 이가 드물며, 알더라도 믿는 이가 드물며, 이해하더라도 그 경지境地에 도달하기 어렵다." (但一念 不生 하면 則前後際가 斷하리니 如翳差華亡等하니라. 衆生卽佛이거늘 人罕能 知하며 知而寡信하며 信而鮮解하여 解亦難臻此境이니라.)

무념無念이란 칠정七情이 없는 마음이요, 생각을 하지 않는 것이 아니다. 다시 말해 무념無念이란 생각하되, 칠정七情이 없이 생각하는 것이다. 곧 생각에 삿됨이 없는 것이다. 무념은 범부의 생각으로 헤아려 닿지 아니하므로 불가사의不可思議 혹은 언어도단言語道斷이라 한다. 소동파가 일념一念의 병病을 치료하는 처방處方을 내놓은 것이다. 무념無念이란 무심無心과 같은 뜻이다.

참선공부參禪工夫의 길

첫째, 세상을 메아리나 그림자로 볼 줄 알아야 한다. 흉중에 세상이 떠나면 세상 밖에 거처하는 것이라, 이름하여 방외方外라 하는 것이다. 방외方外의 은사隱士로 수년을 한결같이 지내면 자연히 탐진치貪嗔痴가 덜어지고 덜어질 것이다. 장자莊子가 망세忘世를 주장한 까닭이 여기에 있는 것이다.

둘째, 칠정七情의 마음이 본래로 환幻임을 배워 이해해야 한다. 환幻을 가리켜 공空이라 하는 것이다. 먼저 환설幻說을 명쾌히 이해하지 못했다면 참선參禪해도 이익이 적다. 환설幻說을 이해하면 진심眞心과 망심妄心의 관계와 내용을 알게 된다. 그리하여 망심妄心인 칠정七情을 쉬는 공부에 전일專一하게 되는 것이다. 만약 환설幻說을 밝게 이해하지 못하면 이런 저런 공부방법을 찾아다니는 수고를 면할 수 없다. 원각경圓覺經에 '환幻을 여의면 곧 진眞이니라' 하신 말씀을 보지 못했는가?

셋째, 참선參禪이란 망심妄心을 쉬어 진심眞心을 보는 것이다. 이 밖에 다른 길이 없다. 모든 수행이 회광반조回光返照로 귀결되는 것이다.

넷째, 장자莊子는 자득自得을 좌망坐忘이라 하였다. 문득 칠정七情이 없음에 계합契合했다는 뜻이다. 칠정七情이 없다면 진심眞心만이 오롯이 존재할뿐이다. 공자는 오직 진심眞心으로 행하였기에 '吾道一而貫之' 라 하며, '思無邪' 라 하였다.

칠정七情 없는 진심眞心으로 행하였기에 '無邪一貫' 이라 하는 것이다.

20

山中高僧
산 중 고 승

山中老宿依然在
산 중 노 숙 의 연 재

案上楞嚴已不看
안 상 릉 엄 이 불 간

客來茶罷空無有
객 래 다 파 공 무 유

盧橘楊梅尚帶酸
노 귤 양 매 상 대 산

산중山中의 고승高僧

산속의 노승老僧은 초연超然히 계신데
책상 위의 능엄경楞嚴經은 이미 보지 않네.
객客과 차담茶啖 파한 자리, 아무것도 있지 않거니
검귤과 양매楊梅는 늘 신맛이 날 뿐.

1094 - 59세 作. 마음(妄心)과 경계境界를 모두 잊은 혜산惠山의 혜표
선사惠表禪師를 만나 시습詩習을 보인 것이리라.

"검귤과 양매楊梅는 늘 신맛이 날 뿐"

에서 선향禪香이 일어난다.

능엄경楞嚴經은 진심眞心과 망심妄心을 자세히 밝힌 경이다.

진심과 망심을 밝히 알아야 불법佛法에 정지견正知見이 열리는 것이
다. 해독이 쉽지 않아 예부터 '차돌 능엄'이란 별칭이 있다. 능엄경을
읽다가 견성見性한 이가 많다고 한다.

그중에 이율곡李栗谷(1536-1584) 선생이 금강산 마하연사에서 간경
묵좌看經默坐하였는데, 이율곡은 능엄천독楞嚴千讀을 하여 견성見性했
다고 한다.

선자禪子가 경經을 멀리하는 것을 능사로 삼을 것은 아니다. 이통현
李通玄(635-730)거사는 화엄경을 보다가 대오大悟하였고, 보조국사普照
國師는 육조단경을 보다가 대오大悟하였다.

간경看經에 알맞은 인연이 있는 것이다. 경經을 읽을 때, 한번에 끝
까지 읽는 것이 중요하다. 띄엄띄엄 읽는 것은 이익이 적다. 예전 사람
들은 경經을 손에 잡으면 백독百讀하는 것을 기본으로 하였다.

경經을 읽되, 반야般若를 생각으로 헤아리면 곧 어긋난다. 일체의 생
각이 끊어져야 반야般若가 드러나는 것이다. 독서삼매에 들면 홀연히
회광반조回光返照하게 될 것이다.

회광반조란 자성自性을 회복하는 관문關門이다. 누가 이 관문을 통하지 아니하고 자성自性을 회복回復하랴. 특히 회광반조를 강조하는 청매인오青梅印悟(1548-1623, 清虛休靜門人)선사의 십무익송十無益頌을 본다.

청매선사青梅禪師 십무익송十無益頌

心不返照 看經無益 　　不達性空 坐禪無益
輕因重果 求道無益 　　不知正法 苦行無益
心非實德 巧言無益 　　欠人師德 聽衆無益
內無實德 外儀無益 　　滿復驕慢 有戒無益
不折我慢 學法無益 　　一生乖角 處衆無益

마음이 일어나는 근원을 돌이켜보지 않으면, 경經을 봐도 이익이 없다.

생멸심生滅心이 공空함을 알지 못하면, 좌선坐禪해도 이익이 없다.

노력을 가벼이 하고 결과를 기대하면, 도를 구해도 이익이 없다.

바른 법(正法)을 알지 못하면, 고행을 해도 이익이 없다.

참마음(眞心)을 알지 못하면, 말을 잘해도 이익이 없다.

스승이 될 지혜와 품격을 갖추지 못하면, 대중에게 이익이 없다.

지혜가 어두우면, 겉으로 권위를 갖추어도 이익이 없다.

안으로 교만이 가득하면, 계행을 지켜도 이익이 없다.

아만我慢을 꺾지 않으면, 법을 배워도 이익이 없다.

일생에 괴각乖角이면, 대중道伴과 더불어도 이익이 없다.

* 性空성공 = 諸法性空제법성공.　* 實德실덕 ; 眞心現前진심현전.

21

<ruby>佛<rt>불</rt></ruby><ruby>恩<rt>은</rt></ruby>

<ruby>以<rt>이</rt></ruby><ruby>前<rt>전</rt></ruby><ruby>世<rt>세</rt></ruby><ruby>惡<rt>악</rt></ruby><ruby>業<rt>업</rt></ruby>

<ruby>應<rt>응</rt></ruby><ruby>墮<rt>타</rt></ruby><ruby>惡<rt>악</rt></ruby><ruby>道<rt>도</rt></ruby>

<ruby>故<rt>고</rt></ruby><ruby>一<rt>일</rt></ruby><ruby>生<rt>생</rt></ruby><ruby>憂<rt>우</rt></ruby><ruby>患<rt>환</rt></ruby>

…중략

<ruby>念<rt>염</rt></ruby><ruby>餘<rt>여</rt></ruby><ruby>年<rt>년</rt></ruby><ruby>之<rt>지</rt></ruby><ruby>無<rt>무</rt></ruby><ruby>幾<rt>기</rt></ruby>

<ruby>賜<rt>사</rt></ruby><ruby>以<rt>이</rt></ruby><ruby>安<rt>안</rt></ruby><ruby>閑<rt>한</rt></ruby>

<ruby>蘇<rt>소</rt></ruby><ruby>軾<rt>식</rt></ruby><ruby>不<rt>부</rt></ruby><ruby>自<rt>자</rt></ruby><ruby>求<rt>구</rt></ruby><ruby>本<rt>본</rt></ruby><ruby>心<rt>심</rt></ruby>

<ruby>永<rt>영</rt></ruby><ruby>離<rt>리</rt></ruby><ruby>諸<rt>제</rt></ruby><ruby>障<rt>장</rt></ruby>

<ruby>期<rt>기</rt></ruby><ruby>成<rt>성</rt></ruby><ruby>道<rt>도</rt></ruby><ruby>果<rt>과</rt></ruby>

<ruby>以<rt>이</rt></ruby><ruby>報<rt>보</rt></ruby><ruby>佛<rt>불</rt></ruby><ruby>恩<rt>은</rt></ruby>

불은佛恩으로 칠정七情의 장애障碍를 여의다.

전세前世에 악업惡業이 있어

칠정탐애七情貪愛의 악도에 떨어졌나니

그런 까닭으로 일생이 우환이었습니다.

…중략

(부처님께서) 나의 인생 얼마 남지 않음을 보시어

안한安閑한 무심無心에 들게 하셨습니다.

소식蘇軾이 본심本心을 구할 바 없음을 알아

영원히 칠정七情의 장애障碍를 여의었습니다.

도과道果를 이루어

부처님 은혜에 보답하고저 합니다.

1094 - 59세 作. 59세는 다시 혜주惠州로 유배된 때이다. 한 생각 잘 못으로 과시科試에 나아가서 풍파를 만나, 어지러이 유배 길에 떠도는 신세를 후회한다. 그러나 부처님의 은혜로 불법을 만나 진심眞心을 밝혀 장애障碍를 여의었음을 무릎 꿇고 사뢰며, 반드시 드높은 경지를 체득하여 중생衆生에 이익 되는 보살행菩薩行을 할 것을 약속하는 것이다.

"소식蘇軾이 본심本心을 구할 바 없음을 알아 영원히 칠정七情의 장애障碍를 여의었습니다."(蘇軾不自求本心永離諸障.)

1087 - 50세의 오도송悟道頌 무하유無何有 이후 10년이 지났다. 오도悟道 이후 부지런히 공부하여 칠정七情이 드문드문 일어나도 방해롭지 아니하다는 것이다.

배우는 이는, 불법에 입문하는 시작부터 하세下世 할 때까지의 동파선생의 공부노정工夫路程을 잘 살펴서, 바른 견해를 배워 공부해야 허송세월하지 않는다.

근세에 돈오점수설頓悟漸修說을 병설病說이라 하고, 돈오돈수설頓悟頓修說이 바른길이라고 하는 학파가 보인다. 이는 잘못된 주장이다.

예부터 개오開悟 연후에 대오大悟하고, 대오大悟 이후에 무수이수無修而修의 공부에 나아가 대적무심大寂無心의 묘각妙覺을 향하는 공부노정工夫路程을, 달마대사達磨大師 이후에 어떤 고승대덕高僧大德도 부정

하지 않았다.

화엄華嚴에 '이즉돈오理卽頓悟, 사비돈제事非頓除라.' 즉 '이치는 돈오이나, 사(情習)는 단박에 없앨 수 없다.' 라 하였으며, 능엄경楞嚴經과 원각경圓覺經 등에 깨달은 연후에 공부하는 길이 밝혀져 있다.

화엄경, 능엄경, 해심밀경 등에 보살의 경지를 설한다. 환희지歡喜地, 이욕지離欲地, 발광지發光地, 염혜지焰慧地, 난승지難勝地, 현전지現前地, 원행지遠行地, 부동지不動地, 선혜지善彗地, 법운지法雲地, 등각等覺 등이다.

보살지菩薩地란 돈오頓悟 연후에 닦아가는 경지境地이다. 어찌 돈오점수頓悟漸修가 병설病說이겠는가.

공부工夫를 이루어 물러나지 않는 4불퇴四不退가 있으니, 신불퇴信不退(十信六位), 위불퇴位不退(十住七位), 증불퇴證不退(華嚴一地 歡喜地), 행불퇴行不退(華嚴八地 不動地)이다. 이를 돈오점수설頓悟漸修說이 아니면 어떻게 설명할 수 있겠는가. 불설佛說을 긍정肯定하지 않는 자는, 스스로 밝지 못하면서 자설自說을 높이는 자일 뿐이다.

묘각妙覺을 향해 공부하는 보살을 도심중생道心衆生이라 한다. 보살菩薩은 도심道心, 즉 진심眞心을 증오證悟했으나, 남은 정습情習이 있어 닦아야 할 공부가 있는 것이다. 그러므로 도심중생道心衆生이라 한다.

돈오頓悟 이후의 공부工夫가 있음을 긍정하지 않는 것은 어리석은 견해이다. 배우는 이는 돈오설頓悟說을 배워, 곧바로 돈오문頓悟門에 들어야 세월을 허비하지 않는다.

22

^공^적
空寂

세 사 자 여 하
世事子如何

선 심 구 공 적
禪心久空寂

세 간 출 세 간
世間出世間

차 도 무 양 득
此道無兩得

고 응 입 고 고
故應入枯槁

습 기 요 제 불
習氣要除拂

공적空寂

세상 일, 그대는 어떻게 보는가?
선심禪心은 영원히 공적空寂하나니…
세간世間이든 출세간出世間이든
이 도道는 어느 쪽(邊)에도 속하지 아니 하나니
그런고로 응당 고목古木처럼 정념情念을 쉬어서
칠정七情의 버릇을 모두 놓아 떨어야 하나니라.

| 素解 |

1095 - 60세 作, 惠州. 조양군潮陽郡의 오자야吳子野가 세속을 떠나 출가하여 선원禪院에서 살고자 함을 듣고, 선공부禪工夫의 요체要諦를 간략히 시詩로써 보인 것이다.

공적空寂, 중도中道, 입무념入無念, 제습除習의 이리를 몇 줄의 시에 보였다.

정념情念을 짊어지고 불법佛法을 배우는 방도方道는 있지 아니하다. 비록 견처見處가 밝아졌어도 숙세宿世의 묵은 버릇(宿習)을 쉬이 없애기 어려운 것이다.

선심禪心이 공적空寂하다는 것은 진공眞空을 의미한다. 진공眞空은 자성自性의 진공묘유眞空妙有를 가리킨다. 오온개공五蘊皆空의 공空과는 다른 뜻이다.

오온개공五蘊皆空의 공空을 '비우다', '비어 있음'으로 해석하면 본의와는 멀다. '빔'으로 해석해야 가깝다. 어찌하여 가깝다고 하는가. 공空의 본의는 생각으로 헤아려서 알기 어렵기 때문이다. 공空의 뜻은 자성自性을 체득體得한 연후에 본의를 밝게 알 수 있다. 방거사龐居士의 게송을 본다.

十方同聚會	十方의 학인이 한데 모여
箇箇學無爲	제각기 無爲를 배우네.
此是選佛場	여기는 부처 뽑는 공부처소.
心空及第歸	마음이 空하여 及第해 돌아가네.

마조대사馬祖大師의 회상會上에서 읊은 방거사의 오도송悟道頌이다. 유명한 게송이라 읊조리는 이는 많아도 진의眞義를 드러내는 이는 드물다. 동취同趣, 무위無爲, 심공心空의 풀이가 어렵다. 심공心空의 뜻에 통하면, 동취同聚 무위無爲에 저절로 통한다. 아래의 게송은 방거사의 무심송無心頌이다. 심공心空과 무심無心의 뜻에 어둡지 않아야 약간의 눈을 갖추었다고 할 수 있다.

但自無心於萬物	단지 만물에 스스로 無心하면
何妨萬物常圍繞	만물이 늘 둘러싼들 무슨 방해될 것가.
鐵牛不懼獅子吼	鐵牛는 사자후를 두려워 않나니
恰似木人見花鳥	흡사 木人이 꽃과 새를 보듯이.
木人本體自無情	木人은 本體가 스스로 無情하고
花鳥逢人亦不驚	꽃과 새는 사람을 만나도 또한 警戒하지 않거니.
心境如如只遮是	마음과 경계가 如如하여 단지 이러하거늘
何慮菩提道不成	어찌 菩提道 이루지 못함을 걱정하겠는가.

23

無聲琴
무 성 금

若言琴上有琴聲
약 언 금 상 유 금 성

放在匣中何不鳴
방 재 갑 중 하 불 명

若言聲在指頭上
약 언 성 재 지 두 상

何不于君指上聽
하 불 우 군 지 상 청

거문고 소리

만약 거문고 소리가 거문고 위에서 난다면,

어찌하여 그대로 두면 속에서 소리가 나지 않는가.

만약 거문고 소리가 손가락 위에서 난다면,

어찌하여 그대는 손가락 위에서 듣지 않는가.

| **素解** |

1095 - 60세 作. 눈과 귀는 창窓과 같아서, 눈과 귀는 보고 듣지 못한다. 진심眞心이 눈과 귀를 통해서 작용하는 것이다. 몸이란 한때의 소용물이다. 진심眞心이, 곧 공적영지空寂靈知이며 불생불멸不生不滅의 연천淵泉이다.

범부는 먼저 참마음의 소재를 측지測地하고, 노력 또 노력하여 참마음을 밝혀야 한다. 스스로의 참마음을 밝히는 것이 진정한 자아회복自我回復이다. 범부적 삶의 재미를 구하는 것은 자아회복이 아니라 망상妄想놀이요, 모습놀이일 따름이다. 망상과 모습 밖의 참나를 보려는 의지가 갖추어 있지 아니하다면 선시禪詩를 읽어도 얻는 바가 적을 것이다. 선시禪詩를 감상하는 근본은 선리禪理를 몇 줄의 글에서 엿보아 선禪의 요체要諦를 간파看破하는데 있다.

대저 승려가 쓴 시는 승시僧詩일 뿐이다. 선지禪旨가 있어야 선시禪詩가 되는 것이다. 산수의 풍광風光을 읊거나, 천지를 삼켰다 토했다거나, 철우鐵牛 니우泥牛 목마木馬를 들먹이더라도 선지禪旨가 없으면 속시俗詩가 될 뿐이다.

무성금無聲琴은 소동파가 도道를 희론하는 벗에게 능엄楞嚴의 설리說理를 빌어, 진심眞心이 인생의 주인主人임을 가리켜 보인 것이다.

예부터 욕심을 버리거나, 무념無念으로 세상을 보려하는 것을 선禪으로 여기는 이들이 허다하다. 한 생각 바꾸는 것은 다만 '생각 바꾸기'일 뿐이다. 소동파는 이런 이들에게 무성금無聲琴을 보인 것이다. 삼라만상森羅萬象을 바라보되 눈으로 보는 것이 아니라 참마음으로 볼 수 있어야 함을 요설饒舌한 것이다. 옛 시를 본다.

揲艸澹風非他事　　맑은 바람이 풀잎 세는 것, 다른 일 아닐러라.
要明父母未生前　　태어나기 전의 참 나를 오롯 밝히네.
忽然蹈着毗盧頂　　홀연히 法身의 정수리 만지면
觸目無非格外禪　　보고 듣는 어느 것이 格外禪 아니런가.

24

南^남華^화寺^사

云^운何^하見^견祖^조師^사

要^요識^식本^본來^래面^면

亭^정亭^정塔^탑中^중人^인

問^문我^아何^하所^소見^견

可^가憐^련明^명上^상座^좌

萬^만法^법了^료一^일電^전

飮^음水^수旣^기自^자知^지

指^지月^월無^무復^복眩^현

我^아本^본修^수行^행人^인

三^삼世^세積^적精^정煉^련

中_중間_간一_일念_념失_실

受_수此_차百_백年_년譴_견

摳_구衣_의禮_예眞_진相_상

感_감動_동淚_루雨_우霰_산

借_차師_사錫_석端_단泉_천

洗_세我_아綺_기語_어硯_연

남화사南華寺

어찌하면 조사祖師를 뵈옵는 것인가

본래本來의 자기 면목面目을 아는 것일세.

탑塔 가운데 단정히 앉아 있는 이는

나에게 무엇을 보았는지 묻는구나.

깨달음을 애달피 갈구하던 도명道明상좌는

만법萬法의 이理를 찰나刹那에 깨달았으니.

물을 마시면 그 맛 스스로 알고

달을 가리켜도 다시 현혹眩惑됨이 없네.

나는 본시 수행修行하는 사람이라

숙세宿世에 정련精煉을 거듭하였거니.

중간中間에 한 생각 잘못으로

이러히 백년百年의 고생苦生을 겪는구나.

옷깃을 여미고, 육조대사 진신상에 예배하나니

옛을 밝히는 감회, 눈물이 비 오듯 하누나.

대사大師의 석단천을 빌려서

나의 교묘한 말과 붓의 버릇을 씻으리라.

1095 - 60세 作. 소동파 스스로 숙세宿世의 수행인임을 밝힌다. 어떻게 아는가. 수행에 나아가 때가 되면 스스로 알게 되는 것이다.

전세前世의 조사祖師를 지금 당장 뵙는 방도는, 자신의 참마음에서 본다고 한다. 여기에서 느끼는 바가 있으면 수행정로修行正路에 한 발 내딛는 것이다.

개오開悟한 뒤에도 여전히 남아있는 좋지 않은 버릇들을 털어 버리는 노력이 따라야 한다. 이를 게을리 하면 퇴굴하게 되는 것이다. 월명경과 종문무고 등에 자세하다. 처음 수행에 나선 이가 제행에 속진俗塵 묻지 않고, 소박素朴하면서 좋지 않은 버릇에 물들지 아니하면, 개오 뒤의 일상에 거침이 덜하고, 뭇사람의 존숭을 받을 것이다.

옛 수행인들 가운데 개오開悟 뒤, 묵묵히 보임保任하지 아니하고, 아만심我慢心으로 스승노릇에 치우치거나 막행莫行하다가 수행을 망친 이가 허다하다. 진회秦檜, 성우惺牛 등이 그러하다.

시詩, 서書, 화畵의 취미는 가벼우나 점占, 사주四柱, 풍수風水 등의 술사術事에 치우치거나, 명예와 이익과 잘난 체(自高病)에 젖는 것은 무거운 버릇이다.

소동파거사는 개오開悟 한지 십일 년이 지났다. 세사世事에 대한 약간의 정념情念과 시작詩作의 남은 버릇을 스스로 씻고자 하는 것이다.

25

眞良圖
진 양 도

我生涉世本爲口
아 생 섭 세 본 위 구

一官久已輕蓴鱸
일 관 구 이 경 순 로

人間何者非夢幻
인 간 하 자 비 몽 환

南來萬里眞良圖
남 래 만 리 진 양 도

진량도眞良圖

나의 인생 벼슬길 든 것,

본시 입 때문.

벼슬은 과시科試 전부터

순채와 농어보다 가볍게 여겼네.

인간사人間事 어떤 것이

몽환夢幻이 아니겠는가.

남쪽 만리에 유배 온 일,

참으로 좋은 방도方道이거다.

1095 - 60세 作. 혜주惠州에서 깊은 삼매三昧에 드는 즐거움에 노닐었다. 어느 날 인생노정人生路程을 돌아보며 읊는다. 소동파가 하세하기 6년 전이다.

무위행無爲行을 보인다. 유배를 오지 않았으면, 무수이수無修而修에 거처하여 백낙천白樂天의 선미禪味를 넘어 태공풍격太空風格의 시詩를 남기기 쉽지 않았을 것이다. 선시禪詩 두 수를 본다.

春有百花秋有月	봄에는 온갖 꽃, 가을에는 밝은 달
夏有凉風冬有雪	여름에 시원한 바람, 겨울에는 눈이 있네.
若無閑事掛心頭	마음에 七情의 是非 없으면
便是人間好時節	이것이 곧 인간세상의 좋은 시절이라.

칠정七情이 범부의 병통이다. 비록 칠정七情으로 행하나 칠정七情이 환幻임을 믿거나 이해하게 되면, 인생관이 올곧게 섰다고 할 것이다.

雲走天不動	구름은 달리나 虛空은 원래 不動
舟行崖不移	배는 흘러가도 언덕은 그대로.
本是無一物	본시 七情이 없거니
何處起歡悲	어디에서 기쁨 슬픔 일으킬 것가.

참마음(眞心)은 시간時間과 공간空間에 속하지 아니한다. 또한 변變하지 않으므로 부동不動이라 하는 것이다.

참마음(眞心)은

非賤非貴하며	천하거나 귀하지 아니하며
非淸非濁하며	맑거나 흐리지 아니하며
不去不來하며	가거나 오지 아니하며
不加不損이라	더하거나 덜지 아니 하나니라.
無聲無臭하며	소리 없고 냄새 없으며
無相無跡하며	모습 없고 자취 없으며
永生不滅하며	영원하여 불멸하며
寂然不動이라	적연히 부동이라.
事事無碍하며	사사事事에 걸림 없으며
常放光明이니라	항상하게 광명을 토하나니라.

26

<ruby>空<rt>공</rt></ruby><ruby>華<rt>화</rt></ruby>

<ruby>空<rt>공</rt></ruby><ruby>華<rt>화</rt></ruby><ruby>誰<rt>수</rt></ruby><ruby>開<rt>개</rt></ruby><ruby>落<rt>락</rt></ruby>

<ruby>明<rt>명</rt></ruby><ruby>月<rt>월</rt></ruby><ruby>自<rt>자</rt></ruby><ruby>朏<rt>비</rt></ruby><ruby>朒<rt>뉵</rt></ruby>

<ruby>請<rt>청</rt></ruby><ruby>問<rt>문</rt></ruby><ruby>樂<rt>낙</rt></ruby><ruby>全<rt>전</rt></ruby><ruby>堂<rt>당</rt></ruby>

<ruby>忘<rt>망</rt></ruby><ruby>言<rt>언</rt></ruby><ruby>老<rt>노</rt></ruby><ruby>尊<rt>존</rt></ruby><ruby>宿<rt>숙</rt></ruby>

공화空華

공화空華를 누가 피고 지게 하겠는가.

명월明月은 초사흘 빛없는 달도 된다네.

늘 즐거웁다는 그대에게 묻노니

말을 잊었다는 노선사老禪師는 어떠하신가?

　1095 - 60세 作. 1구의 공화空華란 헛꽃이다. 눈병이 나면 허공에 어지리이 헛꽃이 나타나는 것이다.

　헛꽃은 환幻이라, 환幻은 본래 없는 것, 환幻을 누가 만들고 없앨 수 있는 것인가라 한다.

　2구에 밝은 달도 그믐, 초하루, 초사흘에는 빛을 드러내지 못한다라 한다. 진심眞心이 본래 허명虛明하나 깨치지 못하면 그믐밤과 같다는 것이다.

　3구에 그대는 '늘 즐거웁다(常樂)'고 하나, 그 즐거움은 어떤 것인가? 하고 찔러 본다.

　4구에 그대의 스승은 '말을 잊었다'고 하는데, 지금의 경지境地는 어떠한가? 하고 묻는다.

　낙전樂全거사가 스스로 도道가 있다고 자처하나, 동파선생이 보아하니 공화空華에 싸여 있으면서 '낙전樂全'이라 하니 가소롭다는 것이다. 그대 스승도 그대의 병처病處를 가려내지 못하니, 망언경지忘言境地라 하나 그 경지境地가 의심스럽다는 뜻이다.

　예나 지금이나, 약간의 견해가 생기면 자득自得했다고 우기는 사람이 허다하다. 개구리에게 우물은 큰 바다이다.

　古今大智人　　　예부터 지금까지, 큰 지혜 밝은 이는

念念知幻身　　생각 생각이 幻身임을 알았네.

知幻便離幻　　幻인 줄 알아, 곧 幻을 여의면

堂堂現本身　　두렷하게 본래의 '참 나'가 나타난다네.

　삼교三教의 성인이 모두 참마음을 밝힌 분이다. 생각 생각이 칠정七情인 범부라도 '칠정七情의 나'가 환신幻身임을 알기만 하면, 참나가 항상한 자기 성인을 만나는 것이다.

　단박에 근원을 가리켜 깨닫게 하는 것이 선禪의 효용이다.

27

幽居
_{유 거}

年_연來_래漸_점識_식幽_유居_거味_미

思_사與_여高_고人_인對_대榻_탑論_론

유거幽居

해가 감에 따라 점차로 휴휴삼매休休三昧의
깊은 뜻에 합하거니,
고승高僧과 걸상에 마주하여 방외方外의
견처見處를 담론하네.

1096 - 61세 作. 향성청순선사香城淸順禪師를 만나 읊었다. 청순淸順
선사는 아우, 소철蘇轍의 스승이다. 소철은 소동파보다 먼저 동림상총
선사와 진정극문선사를 만나 교유하고 있었다.

유거幽居란 무수이수無修而修의 공부工夫이다. 진심眞心이 현전現前
하여 성성惺惺하면, 광대무변廣大無邊의 태공太空과 '한 몸'임을 확인
確認하게 되는 것이다. 무심송無心頌을 본다.

山自無心碧　　산은 無心히 푸르고

雲自無心白　　구름은 無心히 희구나.

其中一上人　　그 가운데 한가로운 上大人

亦是無心客　　또한 無心한 나그네로다.

무심無心이란 무심無心이라는 마음이 있다는 의미가 아니다. 무심無
心은 '마음이 없다'는 뜻이다. 다시 말하면, 무심無心은 '칠정七情이 없
음'이니, 곧 참마음이 우뚝하다는 뜻이다. 본래로 참마음이 온전하나
사람들이 스스로 어리석어 참마음을 등지고 온갖 업장業障을 짓는 것
이다.

무심無心에 거니려 하면 방외方外의 견처見處를 자득自得하여 방외方
外에 소요逍遙하여야 방외方外의 진미珍味를 알 수 있다.

고덕古德(尸棄佛)이 이른다.

起諸善法本是幻	모든 선법善法을 일으킴은 본래 이 환幻이며,
造諸惡業亦是幻	모든 악업惡業을 지음도 또한 이 환幻이로다.
身如聚沫心如風	몸은 거품이 모인 것(聚沫)과 같고 마음(七情)은 바람과 같나니
幻出無根無實性	환幻은 뿌리 없는데서 나오므로 실성實性이 없나니라.

28

^도^인道人

菩^보薩^살常^상覺^각不^부住^주

照^조與^여照^조者^자同^동時^시寂^적滅^멸

只^지從^종寂^적滅^멸安^안心^심後^후

失^실却^각當^당前^전覺^각痛^통人^인

도인道人

보살은 각覺에도 머물지 않거니

비춤과 비추는 자, 동시에 적멸寂滅하였네.

다만 적멸寂滅 따라 안심安心한 연후에

바로 앞의 칠정七情으로 아파하던 통인痛人을 잊었네.

1097 - 62세 作. 마음(七情)과 경계境界가 모두 적멸寂滅한 뒤, 적멸寂滅하였다는 자취마저 없애야 안심安心이라 한다.

소동파가 자신의 공부가 간단間斷이 없다고 한다. 간단間斷이 없다는 것은 칠정七情이 드문드문 일어나도 방해롭지 않은 경지이다. 이러한 경지의 인물을 무심도인無心道人이라 부른다. 칠정七情에 가리운 바가 없다면 불퇴행지不退行地 이상의 경지일 것이다.

무진無盡 장상영張商英(1043 - 1121)거사는 동림상총선사에게서 개오開悟하고, 도솔종열선사(1044 - 1091)에게서 재오再悟한다. 도솔종열선사가 장상영거사에게 안심安心으로 이끄는 오후悟後의 공부를 일러 게송을 아래와 같이 남겼다.

等閑行處　　等閑히 행하는 곳
步步皆如　　걸음걸음 다 眞如일세.
雖居聲色　　비록 소리와 빛깔에 거처하나
寧滯有無　　有와 無에 막힘이 없네.

一心非異　　일심은 다른 것이 아니요
萬法非殊　　萬法은 정해진 것 아니다.
休分體用　　體와 用, 나눌 것 없고

莫擇精粗　　정미롭고 거침, 구별할 것 없네.

臨機不疑　　어떤 경우에도 의심할 것 없고
應物無拘　　마땅히 物(境界)에 구애됨이 없네.
是非情盡　　옳으니 그르니 하는 情念이 없으며
凡聖皆除　　범부와 성인을 두지 않네.

誰得誰失　　얻는 이는 누구며, 잃는 이는 누구이며
何親何疏　　어찌하여 친하고, 어찌하여 친하지 않은가.
拈頭作尾　　머리를 들었다가 꼬리를 만들고
指實爲虛　　참을 가리키나 헛것이 되누나.

飜身魔界　　몸을 뒤집으면 마군의 세계요.
轉脚邪塗　　발길을 바꾸면 삿된 길에 빠지네.
了無逆順　　거스름과 바름이 없음을 알고 나면
不犯工夫　　공부를 지어감에 잘못함이 없다네.

* 滯체 ; 막히다.　殊수 ; 정하다.　塗도 ; 진흙, 길.

　동파거사의 경지에는 도솔종열선사의 게송이 약藥이 되지 못한다.
동파거사와 종열선사는 서로 만나지 못하였다.

29

觀妙 (관 묘)

肅然是非 (숙 연 시 비)

行走坐臥 (행 주 좌 와)

飲食語默 (음 식 어 묵)

具是衆妙 (구 시 중 묘)

無不現前 (무 불 현 전)

覽之不有 (람 지 불 유)

却之不無 (각 지 불 무)

忽之覺之 (홀 지 각 지)

要妙如此 (요 묘 여 차)

현묘玄妙의 도道

숙연肅然한 시비是非

가거나 머무르거나 앉거나 눕거나

마시거나 먹거나 말하거나 침묵하는 가운데

중묘衆妙가 온전히 갖춰져 있어

앞에 드러나지 않음이 없다.

살펴 봄에 있지 않고

물리쳐도 없지 않다.

홀연히 깨닫는 것이다.

요긴한 묘리妙理는 이와 같나니.

| 素解 |

1097 - 62세 作. 근래의 선사禪師들은 대체로 믿음을 얻지 못한다.

설법說法에 조리가 없거나, 진심眞心을 설하나 밝지 않거나, 진심眞心과 망심妄心을 구별하지 못하거나, 선禪을 말하나 개오開悟에 이르는 방도方道를 간명簡明히 드러내지 못하는 까닭이다.

그런 연유로 구건선사垢慊禪師, 억지선사臆志禪師 등의 이름을 얻는다. 말법 시절이라 그러할 것이다.

불법을 설하되, 스스로 밝지 못해 엉뚱하게 이끈다면 그 업보業報가 무겁다. 아래의 한 구에 소동파 선생의 견처見處가 오롯이 드러나 있다.

具是衆妙　　衆妙가 온전히 갖춰져 있어
無不現前　　앞에 드러나지 않음이 없다.

장졸張拙(약850-920)거사는 석상경저石霜慶儲(805-888)선사의 문인이다. 그의 개오송開悟頌은 널리 알려져 많은 선객들이 읊조렸다. 운문雲門(864-949)선사도 시를 보고 긍정하였다. 명明 자백진가紫栢眞可(1542-1603)가 장졸의 환화幻華를 읽다가 개오開悟하였다. 장졸의 환화幻華를 본다.

幻華

光明寂照遍河沙	光明寂照 온누리에 두루하고
凡聖含靈共我家	범부성인 蚕動含靈, 모두 한 집안일세.
一念不生全體現	一念이 나지 않으면, 眞性이 드러나고
六根纔動被雲遮	六根을 조금만 움직여도 구름에 가리네.
斷除煩惱重增病	번뇌 끊어 없애고자 함은 病을 더하고
趣向眞如亦是邪	眞如 향해 좇아가면, 이 또한 삿되도다.
隨順世緣無罣碍	세상 인연 좇아도 걸림 없고
涅槃生死是空華	열반과 생사가 모두 空華일세.

* 纔재 ; 겨우. 罣괘 ; 걸다.

'현묘玄妙의 도道'에서 소동파거사가 공부의 요묘要妙를 간명히 드
러 내었다.

30

니 원 일 로
泥洹一路

아 소 즉 다 난
我 少 卽 多 難

저 회 일 생 중
這 回 一 生 中

백 년 불 이 만
百 年 不 易 滿

촌 촌 만 강 궁
寸 寸 彎 强 弓

노 의 부 하 언
老 矣 復 何 言

영 욕 본 양 공
榮 辱 本 兩 空

니 원 상 일 로
泥 洹 尚 一 路

소 향 여 개 궁
所 向 餘 皆 窮

열반적정涅槃寂靜 한 길

내 젊은 시절 어려움이 많아

일생을 이리저리로 떠돌며 살아왔네.

백 년 세월 쉽게 차지 않으니

걸음마다 강한 활(無念惺惺)을 당긴다네.

이미 늙었거니 다시 무슨 다른 말을 하겠는가?

영榮과 욕辱은 본래로 빈 것.

열반적정涅槃寂靜 한 길만을 숭상崇尙하나니

향하는 바에 오롯이 온 힘 다한다네.

1097 - 62세 作. 62세에 혜주惠州의 유배지에서 더욱 황량한 해남도海南島 담주儋州로 옮기라는 명을 받고 아우 소철蘇轍에게 보낸 시이다. 하세 4년 전의 심처心處를 엿볼 수 있다.

4구 '걸음마다 강한 활을 당긴다네'의 뜻은, 십우도十牛圖의 목우牧牛공부이다. 4구와 8구는 견성見性 이후의 경지境地로써 범부凡夫가 헤아릴 수 있는 범위 밖이다. 니원泥洹은 열반涅槃의 뜻이다.

7구의 '열반적정'이란 대적묘각大寂妙覺의 불지佛地를 의미한다. 8구에 '오롯이 온 힘을 다한다.'한 것은 무수이수無修而修의 뜻이다. 무수이수無修而修란 칠정七情 없음에 거처하여 대적무심大寂無心을 향한 공부이다. 무수이수無修而修는 구전심수口傳心授의 경지이다.

소동파의 만년에 도연명, 백낙천, 사계선사師戒禪師 등이 소동파의 전생前生이었음을 '是吾前生', '吾前世', '我是淵明' 등으로 밝히고 있다. 소동파는 숙세宿世에 소박素朴하고 진실한 수행자였다. 동파시, 남화사南華寺에서 밝힌다.

我本修行人　나는 본시 수행인修行人이라
三世積精煉　숙세宿世에 정련精煉을 쌓았나니.

소동파는 시절 인연을 따라 부득이 세상에 이름이 드러났으나, 본래의 뜻은 소박한 삶으로 무위無爲를 배우는 것이었다. 소동파는 62세의 노인으로써 목표는 열반적정涅槃寂靜이다. 열반적정만을 구하는 소동파의 공부는, 짐작컨대 행불퇴지行不退地에 이른 듯하다.

芳草萋萋雲漠漠　　방초 우거지고 구름은 고요하네.

不妨庶幾箇惡手　　몇 가지 좋지 않은 버릇, 방해롭지 않아라.

* 萋처 ; 풀이 성하게 우거진 모양.　漠막 ; 조용하다.

31

^고 ^정
古井

我詩誰云拙
^아 ^시 ^수 ^운 ^졸

心平聲韻和
^심 ^평 ^성 ^운 ^화

年來煩惱盡
^년 ^래 ^번 ^뇌 ^진

古井無由派
^고 ^정 ^무 ^유 ^파

옛 우물(古井)

나의 시詩가 비록 졸렬拙劣하다고 하나

마음이 평평平平하면 성운이 절로 화和한 법.

여러 해 전부터 번뇌煩惱가 모다 없어지니

옛 우물(眞心)은 파도로 말미암음이 없다네.

| **素解** |

　1099 - 64세 作. 1구에 자신의 시를 졸렬拙劣하다고 한 것은, 소동파
는 사詞를 제외하고는 율律을 무시하기도 하고, 세상사나 주위의 사물
을 끌어다가 생각나는 대로 읊조려 시의 품격品格이 떨어진다는 일부
세평世評에 대한 화답인 것으로 보인다. 소동파는 문文이란 생각을 전
달하기만 하면 된다고 했다. 문文이 품격과 격식에 치우치면 뜻을 왜
곡하기 쉽고 허세에 치우칠 수 있기 때문이다.

　2구에 마음에 칠정七情이 없으면 시를 지음에 성운聲韻이 절로 따르
는 것이라 한다.
　3구에는 이미 여러 해 전, 번뇌煩惱가 끊어졌음을 밝힌다.
　4구의 옛 우물(古井)은 진심眞心에 비유한 것이다. 칠정七情을 인하
여 일어나는 번뇌煩惱가 없음을 밝혔다.

　번뇌가 없어져 마음이 평평平平하면 성운聲韻이 절로 따르리라. 동
파선생에 의하면 진심眞心에 칠정七情의 파도가 일지 않는다고 한다.

　참마음에 파도가 일지 않음이 어찌 당세에 이루어진 공부이겠는가.
동파거사의 글과 전등록 등에 의하면 전세에 도연명, 백거이, 오조사
계五祖師戒였다. 그렇다면 700여 년을 수행자로 살아온 것이다. 도연명
은 청빈淸貧으로 묵좌默坐를 즐겼으며, 백거이는 청빈과 애민愛民, 염
불念佛, 묵좌默坐하여 만년에 개오開悟하였다. 오조사계는 지견知見 밝

은 선승禪僧이었다.

　동파는 숙세에 소박素朴과 청빈淸貧, 묵좌默坐와 회광반조廻光返照에 묵은 습習이 있어 깊은 공부에 들고 필경에는 밝은 경지를 자득하였으며, 참마음에 파도가 일지 않는 경지에 이르렀다. 배우는 이는 오직 한결같이 공부에 힘써 동파거사를 만나야 할 것이다. 상시上詩 한 수를 감상한다.

竹影掃階塵不動	대 그림자 뜰을 쓰나, 섬돌의 티끌은 꼼짝 아니하고
月光穿海水無痕	달빛이 바다를 뚫어도, 물에는 흔적이 없네.
水流任急境常靜	물은 급하게 흘러도, 그 體境은 항상 고요하고
落花雖頻意自閑	꽃은 비록 자주 떨어지나, 落花는 스스로 한가하다.

32

<ruby>遊<rt>유</rt></ruby><ruby>惠<rt>혜</rt></ruby><ruby>山<rt>산</rt></ruby>

<ruby>虛<rt>허</rt></ruby><ruby>明<rt>명</rt></ruby><ruby>中<rt>중</rt></ruby><ruby>有<rt>유</rt></ruby><ruby>色<rt>색</rt></ruby>

<ruby>淸<rt>청</rt></ruby><ruby>淨<rt>정</rt></ruby><ruby>自<rt>자</rt></ruby><ruby>生<rt>생</rt></ruby><ruby>香<rt>향</rt></ruby>

<ruby>還<rt>환</rt></ruby><ruby>從<rt>종</rt></ruby><ruby>世<rt>세</rt></ruby><ruby>俗<rt>속</rt></ruby><ruby>去<rt>거</rt></ruby>

<ruby>永<rt>영</rt></ruby><ruby>與<rt>여</rt></ruby><ruby>世<rt>세</rt></ruby><ruby>俗<rt>속</rt></ruby><ruby>忘<rt>망</rt></ruby>

혜산惠山에 소요逍遙하며—

허명虛明 가운데 만물萬物이 왕래하나니
청정자성淸淨自性이 스스로 해맑은 향기를 내누나.
세속世俗을 따라 살아가나
영원히 세속世俗을 잊었네라.

1099 - 64세 作. 1구의 허명虛明이란 진심眞心의 체體를 가리킨다. 허명虛明은 허명이조虛明而照의 줄인 말이다. '진심 가운데 삼라만상이 스스로 오가구나'라는 뜻이다.

2구는 진심眞心의 해맑고 두렷한 체성體性의 현묘玄妙한 작용을 드러낸 것이다.

3구와 4구는 몸과 마음을 모두 잊은 경지境地이다.

남양혜충국사南陽慧忠國師가 한 선객禪客에게 이른다.

"나는 근래에 심신心身이 일여一如하여 마음 밖에는 아무것도 없다. 그러므로 온전히 생멸生滅이 없는데, 너희 남방선南方禪은 몸은 무상無常하고 마음은 상(恒常)이라 하니, 그렇다면 반半은 생生하고 반半은 멸滅하지 않는다고 하는 것이 아니냐. 내가 이마적 돌아보니 이런 경향이 더욱 심한 것을 보았다."(南陽慧忠國師, 謂禪客曰. 我此間은 身心一如하여 心外無餘라. 所以全不生滅이어니와 汝南方은 身是無常이요, 神性은 是常이라 하니 所以로 半生半滅하고 半生不滅이라. 又曰 吾比遊方에 多見此色이 近尤盛矣라.)

혜충국사慧忠國師는 육조혜능대사六祖慧能大師 문하의 청원행사靑原行思, 남악회양南嶽懷讓, 하택신회荷澤神會, 영가현각永嘉玄覺과 더불어 오대五大 종장宗匠이다.

당시의 선장禪丈인 서당西堂, 단하丹霞, 약산藥山, 남전南泉, 위산潙山

등이 참례參禮하고 법法을 물었다.

만년의 혜충慧忠국사는 북쪽에서, 마조馬祖선사는 남쪽에는 법을 폈는데 마조馬祖문하 법사法師의 설에 '몸은 무상無常하고 마음은 상常이라' 하므로 혜충국사가 '반쪽 설법'이라고 나무라는 것이다.

'몸과 마음을 모두 잊었다.'(身心具忘.)

고 자처하는 선객禪客은 혜충국사의 물음에 곧바로 답해야 할 것이다. 멈칫거리면 그르친 것이요, 입을 열면 곧 어긋난다. 이때를 당하여 할喝과 양구良久를 떠나서, 어떻게 답해야 귀굴鬼窟에 떨어지지 않을 것인가?

33

<ruby>五<rt>오</rt></ruby><ruby>通<rt>통</rt></ruby><ruby>仙<rt>선</rt></ruby>

<ruby>惡<rt>악</rt></ruby><ruby>業<rt>업</rt></ruby><ruby>相<rt>상</rt></ruby><ruby>縛<rt>박</rt></ruby><ruby>三<rt>삼</rt></ruby><ruby>八<rt>팔</rt></ruby><ruby>年<rt>년</rt></ruby>

<ruby>常<rt>상</rt></ruby><ruby>行<rt>행</rt></ruby><ruby>八<rt>팔</rt></ruby><ruby>棒<rt>봉</rt></ruby><ruby>十<rt>십</rt></ruby><ruby>三<rt>삼</rt></ruby><ruby>禪<rt>선</rt></ruby>

<ruby>却<rt>각</rt></ruby><ruby>着<rt>착</rt></ruby><ruby>衲<rt>납</rt></ruby><ruby>衣<rt>의</rt></ruby><ruby>歸<rt>귀</rt></ruby><ruby>玉<rt>옥</rt></ruby><ruby>局<rt>국</rt></ruby>

<ruby>自<rt>자</rt></ruby><ruby>疑<rt>의</rt></ruby><ruby>身<rt>신</rt></ruby><ruby>是<rt>시</rt></ruby><ruby>五<rt>오</rt></ruby><ruby>通<rt>통</rt></ruby><ruby>仙<rt>선</rt></ruby>

오통선五通仙

악업惡業이 서로 얽매인 세월 38년

항상 팔봉八棒 십삼선十三禪을 행하네.

납의衲衣를 떨치며 옥국관玉局觀이 되었으이

스스로 생각하건대 오통선五通仙인 듯하여라.

* 오통선五通仙 ; 오신통을 지닌 신선神仙을 의미한다. 동파거사가 65세에
  자신의 경지를 읊은 듯하다. 오통五通은 오신통五神通이다. 오신통은 삼승
  三乘의 육종신통(天眼通, 天耳通, 他心通, 宿命通, 神足通, 漏盡通) 가운데 자재하
  게 번뇌를 끊는 힘인 누진통漏盡通을 제외한 오신통을 가리킨다. 선仙이란
  신선도의 도인道人, 혹은 금선金仙을 가리킨다. 불佛의 다른 이름이 금선金
  仙이다.

| 素解 |

1100 - 65세 作. 1구는 26세에 관직에 나아가 오늘(65세)까지의 38년을 가리킨다. 왕안석王安石 일파와 장돈章惇의 무리가 소동파를 미워하여, 두 번에 걸쳐 20년의 유배생활을 한 것이 다만 악업惡業에 얽힌 탓이라 한다.

2구에 팔봉八棒은 팔정도八正道, 13선禪은 13선종禪宗의 본의本義, 즉 무심선無心禪을 의미하는 듯하다.

3구는 비록 몸은 세속世俗에 있으나 마음은 세속世俗을 벗어나 있음을 말한다. 65세에 유배에서 풀려 옥국관의 직에 복직되었다.

4구는 이미 몸과 마음을 잊은 자신을 오통선五通仙을 빌려 읊어 본 것이다.

신심불생멸身心不生滅의 이리가 소동파 선생에게 통명通明하리라.

고덕古德(毘舍浮佛)의 게송을 본다.

假借四大以爲身   사대四大를 빌려 몸으로 삼았나니
心本無生因境有   마음은 본래 무생無生이건만 경계를 두어 있다 하누나.
前境若無心亦無   눈앞의 경계가 없다면, 마음 또한 없나니
罪福如幻起亦滅   죄와 복이란 환幻이 일어났다 멸함과 같노라.

위의 게송偈頌에서 마음(心)이라 함은 망심妄心을 가리킨다. 선사禪

師의 게송偈頌에서 다만 마음이라고 말할 뿐, 진심眞心과 망심妄心을 구별하여 설명하는 일이 지극히 드물다. 어찌하여 그러한가? 그 뜻에 둘이 있다.

하나는 배우는 이가 스스로 안목이 생겨 진심眞心과 망심妄心을 가려서 듣거나 읽기를 기다리는 바요, 다른 하나는 마음이란 참마음(眞心) 하나 뿐인 까닭이다. 범부가 비록 미혹하여 칠정의 마음에 갇혀서 마음을 쓴다 해도, 망심의 내용이 환幻이기 때문에 일용日用 간에 쓰는 마음이 진실로 진심眞心 아님이 없기 때문이다. 다만 미오迷悟가 있을 뿐 진심眞心에는 차별이 없다. 실다이 말한다면 당장의 이 마음 밖에 다른 마음은 없는 것이다.

몸과 마음의 정체를 파악하면 인생의 근본이 보인다. 몸이란 지地, 수水, 화火, 풍風의 기운을 잠깐 빌린 것이요, 마음이란 환幻일 뿐이다. 여기서의 마음은 칠정七情을 의미한다. 칠정은 의식意識의 편벽된 모습이라 그 체성體性이 환幻이다. 몸과 칠정이 환幻이라면 나는 바로 진심일 따름이다. 내가 진심이요, 진심이 곧 나인 것이다.

34

萬^만緣^연本^본虛^허

我^아亦^역涉^섭萬^만里^리

清^청血^혈滿^만襟^금袪^거

漂^표流^류二^이十^십年^년

始^시悟^오萬^만緣^연虛^허

만연萬緣은 본래 빈 것

나 또한, 만리萬里를 돌아다니며
피눈물로 옷깃을 흠뻑 적셨네.
스무 해를 떠돌고 나니
온갖 인연이 빈 것인 줄 깨달았네.

1100 - 65세 作. 연기관緣起觀은 12연기가 상속하여 고리 돌듯하는 상태를 관하여 우치愚癡의 번뇌가 일어나는 것을 그치는 관법觀法이다.

연기緣起란 인연생기因緣生起의 뜻이다. 인연의 고리에 얽히는 것은 우치愚癡하기 때문이다. 연기緣起에 의해 세상사가 일어나나, 연기緣起의 당체當體를 밝히면, 온갖 인연이 본래 빈 것임을 알게 된다. 인연因緣은 본공本空이다.

진여연기眞如緣起를 알지 못하면 누겁累劫에 수행하여도 사생死生을 벗어나지 못한다. 소동파 선생이 어찌 65세에야 이 도리道里를 알았겠는가. 옆 사람을 위한 고언苦言일 것이다.

天晴日頭出　　날 개어 해가 나고
雨下地上濕　　비 내려 땅이 젖네.
盡情都說了　　사실대로 말했거늘
只恐信不及　　믿지 않을까 두려웁네.

대현大賢은 친절하게, 바르게, 자세하게 지름길을 일러주나, 믿고 따르는 이가 드물다. 공자孔子가 "드물도다. 드물도다."라고 한 까닭이 여기에 있는 것이다.

生時的的不隨生　　날 때, 的的히 生을 따르지 아니하고
死去堂堂不隨死　　죽을 때, 堂堂히 죽음을 따르지 않네.
生死去來無干涉　　나고 죽고, 가고 옴에 간섭 없거니
正體堂堂在目前　　'참 나'는 堂堂하게 눈앞에 두렷하네.

　범부는 참마음이 항상 나타나 있으나 스스로 보지 못한다. 참마음은
생生과 사死를 따르지 아니하고, 다만 적연寂然히 부동不動할 따름이
다.

35

平生功業
평 생 공 업

心似已灰之木
심 사 이 회 지 목

身如不繫之舟
신 여 불 계 지 주

問汝平生功業
문 여 평 생 공 업

黃州惠州儋州
황 주 혜 주 담 주

소동파蘇東坡의 평생平生 공부工夫

마음은 이미 재가 된 나무와 같고
몸은 마치 묶이지 않은 배와 같네.
평생 쌓은 공부工夫가 무어냐고 묻는다면
황주, 혜주 그리고 담주라 하리라.

| 素解 |

66세, 1101년 5월 28일 '평생공업平生功業', 즉 '평생공부'를 읊고 두 달 뒤, 7월 28일 하세下世하였다.

소동파거사가 금산사金山寺를 지나면서 자신의 초상화를 보고 '평생공업'을 읊은 것이다. 이용민이 소동파의 초상화를 그렸는데 금산사金山寺에서 보관하였다.

동진東晉시대에 세워진 진강鎭江의 금산사는 당송唐宋 때 흥성하였다. 금산사는 상주常州의 천녕사天寧寺, 영파寧波의 천동사天童寺, 양주揚州의 고민사高旻寺와 더불어 중국 선종의 4대 사원이다. 송나라 때 금산은 아직 장강長江 안의 작은 섬이었기 때문에 만리를 흘러온 장강이 금산을 완상하며 수이 돌아 흐르고 있었다.

19년 전, 금산사에는 불인요원佛印了元선사가 있었다. 불인선사(1032-1098)는 홍주洪州 운거사雲居寺에 40년을 살다가 금산사에 왔는데, 황주에 유배 온 소동파 선생을 만나 벗이 되었다. 1082년 어느 날,

소동파거사가 금산사에 가니 불인선사가 말한다.
'여기에는 앉을 자리가 없어 모실 수 없오.'
하니, 거사가 말한다.
'잠시 스님의 육신을 빌려 앉겠습니다.'
불인佛印이 말한다.

'질문에 대답할 수 있으면 앉게 하겠지만, 답하지 못하면 거사의 옥대玉帶를 주시오.'
라고 하니, 거사가 질문하라고 하였다.
'거사가 이 산승의 육신을 빌려 앉겠다고 했는데, 육신은 본래 빈 것이요, 오온五蘊은 있는 것이 아니니 어디에 앉겠오.'

이에 소동파거사가 대답하지 못하였다. 이에 거사가 옥대를 풀어 놓고 크게 웃으면서 나가자, 불인선사는 행각行脚할 때의 납의衲衣를 거사에게 주었다.

불인선사가 소동파 선생에게 숙제宿題를 주었다. 이 숙제는 2년 뒤, 49세에 동림사東林寺에서 동림상총東林常總선사를 만나 풀었다. 불인선사는 주돈이周敦頤의 스승이다.

1구에 칠정七情이 멸멸滅滅하여 진심眞心이 성성惺惺함을 밝혔다.
2구에는 몸을 한때의 환신幻身이라 한다.
3구는 평생의 참 공부工夫를 말하고자 한 것이다.
4구는 20년의 유배流配 덕분에 소박素朴에 머물며 참 벗, 참 스승을 만나 인생人生 공부工夫에 온 힘을 다할 수 있었음을 직설하는 것이다.

하세下世 이틀 전에 옛 벗, 경산사徑山寺 유림선사維琳禪師가 상주常州에 문병을 왔다. 유림維琳선사가 말했다.

我口吞文殊　　내가 문수를 한 입에 삼키고,

千里來問疾　　천리를 달려와 병을 묻는다.

소동파蘇東坡 선생이 답하였다.

大患緣有身　　큰 근심은 몸이 있는 인연이라

無身則無疾　　몸이 없으면 병도 없네.

東坡禪詩 三十五首窃看

崗解素荁

東坡忘世路程

東坡忘世路程 序

동파東坡는 여덟 살에 향교鄕校에 입학하여 3년간 도사道師 장이간 張易簡에게 글을 배운다.

15세에 가친家親 소순蘇洵과 함께 장자莊子를 읽은 뒤, 소회所懷를 말한다.

> "제가 평소에 생각한 것을 말로 드러낼 수 없었는데 장자莊子 내7편에 소롯이 들어 있었습니다."(余平有見, 不可吐言, 今讀莊子內七編中, 在素全矣.)

19세에 장자莊子를 정독精讀하고 소철蘇轍에게 말한다.

> "나는 예전에 어떤 견해가 마음속에 있었는데, 입으로 그것을 표현할 수 없었다. 지금 장자를 보고 내 마음을 알았다."(既而讀莊子, 謂然歎息曰, 吾昔有見於中, 口未能言. 今見莊子, 得吾心矣.)

장자사상莊子思想이 청년기의 동파에게 영향을 주었던 것이다. 장자莊子의 종의宗意를 꿰어본 것은 아니다.

장자莊子의 무심어세無心於世, 무병자구無病自灸, 무용지용無用之用, 피출어시彼出於是 등의 난해처難解處에는 여전히 미회未會였다.

흉중胸中에 숙세宿世의 훈습薰習이 그윽하였기에 방외方外의 기미가 무의식 중에 드러나는 것이라 하겠다.

28세에 왕팽王彭거사를 만나 오온개공五蘊皆空, 대적무심大寂無心 등의 불가佛家의 요의要義를 배웠다.

왕팽王彭거사의 권유로 불경佛經을 즐겨 읽고, 선승禪僧을 찾으며, 묵좌默坐에 젖어 갔다.

26세에는 인생을 '눈 위에 남긴 발자국' 이라 하더니 약 12년 뒤, 38세에는 '인생은 아침이슬' 이라 한다. 인생이 몽환夢幻임을 온몸으로 느끼기 시작한 것이다.

38세까지의 불법공부는 대체로 교학敎學에 머물렀다. 동파의 견해는 사상思想에 속할 뿐이었다.

45세에 황주 유배지에서 뼈저리게 반성反省한다. 지난 세월의 헛된 문명文名과 시비是非에 얽힌 삶을 ―.

45세부터 온 힘을 다해 간경看經과 묵좌默坐에 든다.

47세에 약간의 견처見處가 열리고, 48세에 적벽부赤壁賦를 읊으며, 49세에 개오開悟하여 동림계성東林溪聲과 여산진면목廬山眞面目을 읊는다. 논어論語, 중용中庸, 노자老子, 장자莊子의 종의宗意가 일시一時에 열리고, 맹자孟子의 미진처未盡處가 환히 보였다. 50세에 대오大悟하여 무하유無何有와 세한인歲寒人을 읊는다.

이후, 59세부터 65세까지 7년간 혜주惠州, 담주儋州의 유배생활에서 담담자적淡淡自適하며 임성소요任性逍遙하였다.

유배에서 풀린 지 여덟 달 후, 66세에 하세下世한다. 동파선생東坡先生의 일생에 진실로 힘쓴 곳은 진심회복眞心回復 한 길뿐이다. 진심眞心을 자득自得한 뒤에는 진심眞心을 잘 지키며, 오직 청정진심淸淨眞心이 성성惺惺하고자 했을 따름이다.

대저 상근수행자上根修行者의 삶은, 진심眞心을 열어 보인 기연機緣과 오도송悟道頌 등이 간략하게 전해올 뿐이어서, 공부工夫하는 과정의 족적足迹은 거의 알 수 없다. 소동파 선생의 낙구落句에서 공부과정을 저으기 볼 수 있어 다행이라 하겠다. 소동파 선생의 시詩와 약간의 산문散文에서 망세노정忘世路程을 더듬어 본 것이다. 배우거나 견주는 일은 뒷사람의 몫이다.

忘世路程 序韓

1. 사유하다 思之

  －인생人生의 근원을 생각하며 길을 찾다.－

소동파 선생은 15세에 인생에 대한 의문疑問을 품었다. 인생이란 어디서 와서 어디로 가는 것인가? 인생이란 그저 생生과 사死의 물결 따라 출렁이는 부평초浮萍草인가?

사생死生의 밖은 어떠한 것인가? 사생死生에 떠도는 원인原因은 무엇인가? 등의 의문이 꼬리를 물고 있었다.

도연명陶淵明의 글을 읽고는 명예를 추구하거나 권력에 아첨하여 입(口)의 풍족을 도모하기보다는, 그저 창자만 달래더라도 만족하는 소박한 농부의 삶, 즉 은일隱逸의 선비를 생각하였다. 도연명을 본받아 초야草野에 살 것을 소철蘇轍과 의논하였던 것이다.

19세에 장자莊子를 읽고 '무심無心으로 세상에 소요逍遙한다.' (無心於世.)는 말에 청유淸遊를 느낀다.

28세에 왕팽王彭거사를 만나 불법을 배우고 난 뒤, 사상의 변화를 맞이한다.

인생의 근원에 대한 사유思惟는 가친家親 소순蘇洵의 영향이 있었으나, 대체로 흉중에서 절로 그렇게 된 것이다. 동파는 숙세宿世의 달인達人이어서 애쓰지 않고도 흘러나온 것이리라.

과시科試에 나아간 것은 가친家親의 뜻이었다.

45세에 황주에 유배된 뒤, 온 힘을 다해 간경看經과 묵좌默坐에 힘쓴다. 위법망구爲法忘軀의 간절懇切하고 순일純一한 정진精進으로 5년 뒤,

49세에 개오開悟한다. 왕팽王彭거사에게 불법을 배운지 22년만의 결실이다. 소동파 선생에게 새로운 인생이 펼쳐진 것이다.

2. 읽고 배우다 讀聞之

—경經과 논論을 읽으며, 고덕古德의 지혜智慧를 배우고, 악지악견惡知惡見을 버리다.—

19세에 장자莊子를 읽고 '지금 장자를 보고 나의 마음을 알았다.'(今見莊子, 得吾心矣.)라 했다. 49세에 '계성산색溪聲山色'을 읊고, 50세에 무하유無何有를 읊는다. 50세가 되어서 비로소 장자의 무하유無何有에 계합하여 장자의 마음과 하나가 됐던 것이다. 이전의 장자에 대한 견해는 측지測知일 뿐이었다.

측지側知가 일어나고 31년 만에 장자莊子와 하나가 된 것이다. 전세前世의 정련精鍊이 있었더라도 위법망구爲法忘軀하여 간경묵좌看經默坐에 전일專—하지 아니하면 진심眞心을 밝히기 어렵다는 것을 소동파를 통해서 알 수 있다고 하겠다.

황주 유배 초에 방에 이름을 붙였는데, '사무사재思無邪齋'이다. 소동파거사가 말한다.

"공자 이르기를, '詩三百의 생각에 삿됨이 없다.'라 하는데, 대저 생각이 있다는 것은 다 삿되다는 것이다. 선과 악이 한가지로 삿됨이 없다면 흙과 나무이다. 어찌하면 생각함이 있으면서도 삿된 생각이 없게 할 수 있으며, 생각함이 없으면서도 흙이나 나무가 아니게 할 수 있을까?' (孔子曰, 詩三百思無邪, 夫有思皆邪也. 善惡同而無, 邪則土木也. 云何, 能使有思而無思, 無思而非土木乎?)

사무사思無邪는 공자의 종의宗意이다. 사무사思無邪는 생각에 칠정七情이 없다는 뜻이다. 칠정 없이 생각하는 것이다.

칠정이란 범부 감정의 총칭이다. 범부는 칠정을 자신의 고유한 마음으로 삼는 것이다. 범부들은 '어찌 생각에 칠정七情이 없을 수 있는가? 칠정도 본성本性이다.' 라 하며, 본성本性을 본연지성本然之性과 기질지성氣質之性으로 나눈다. 본성을 둘로 나눈 것이다. 공자의 일이관지一以貫之를 알지 못한 것이다.

공자의 도道는 사무사思無邪로 일이관지一以貫之하는 것이다. 기질지성氣質之性이란 칠정, 즉 정情일 뿐이다.

이성二性을 주장하는 이가 바로 주희朱熹이다. 주희는 고집이 세어서 육상산陸象山이 억견을 고쳐 주고자 했으나 듣지 않았다. 이성二性을 주장하는 이는 공문孔門의 이단異端일 뿐이다. 육상산은 약간의 견해側知가 있었다.

주희는 정이程頤를 조종祖宗으로 생각한다. 그러나 정이는 생각이 고루하여 공자의 사무사思無邪에 대한 견해는 밝지 못했다. 그런 까닭으로 정이의 견해를 소동파가 인정하지 않는다. 그런 여파로 촉학파蜀

學派와 낙학파洛學派의 대립이 있게 된 것이다.

공문孔門은 무사無思를 종지宗旨로 삼는다. 그러므로 사무사思無邪를 밝히 알지 못하면 공자를 따르나 문 밖에 있는 자이다.

소동파의 사무사思無邪에 대한 의문은 45세에도 계속됐으나 49세에 사무사思無邪의 본의에 계합한다. 세상에 우뚝한 절세絶世의 고사高士가 45세에도 사무사思無邪의 본의를 알지 못해 고뇌하는 모습을 보인다. 소동파가 말한다.

"불가佛家에 몸을 맡기면, 불가 경전經典과 논론을 다 밝히어, 삿된 생각 없는 마음으로 여래如來의 뜻에 합할 수 있을까? 지금까지 소득이 없으나 반드시 자득하고자 한다."(託於佛僧之宇, 盡發其書, 以無所邪心會如來意? 庶幾於無所得故而得者.)

소동파의 뜻이 불가 경전을 모두 밝히는데 있다고 한다. 독서讀書와 묵좌默坐에 온몸을 던진 것이다. 또 읊는다.

中年添聞道	中年에 들어 황공히도 佛道에 들어
夢幻講已祥	七情夢幻說을 이미 자세히 들었으나
儲藥如丘山	약재(佛經)를 산더미처럼 쌓아 놓고
臨病更求方	病이 들면 또 處方을 찾는다.
仍將恩愛刃	여전히 恩惠와 사랑의 칼날로
割此衰老腸	이 老衰한 창자를 자르고 있구나.

知迷欲自反	돌이켜보아 迷惑하여 이런 줄 알겠거니
一慟送餘傷	한바탕 크게 울고, 묵은 七情을 쉬고자 한다.

* 餘傷 ; 묵은 칠정七情. 지난 세월의 칠정파도에 남은 傷痕.

위의 시는 47세에 읊었다. 동파는 평생을 독서하며 배우고 익힌다. 중년中年 공부설은 왕유王維(699-759)에게도 보인다. 왕유는 하택신회荷澤神會(685-760)선사의 문인으로 중년에 개오開悟한다. 하택은 육조대사의 다섯 고제高弟 중의 한 분이다. 왕유의 '종남별업終南別業'을 본다.

中歲頗好道	중년에야 자못 佛道를 좋아하였으니
晚家南山陲	늘그막에 남산 기슭에 오두막을 지었네.
興來每獨往	흥 일면 홀로 나서나니
勝事空自知	즐거운 일은, 空을 깨달았음이라.
行到水窮處	개울물 다한 곳에 이르러
坐看雲起時	앉아서 구름 이는 것 보노라.
偶然值林叟	우연히 숲 속의 노인 만나
談笑無還期	더불어 담소하며 돌아갈 줄 몰라라.

* 頗 자못 파. 値 만나다 치.

소동파가 왕유를 동도동경同道同境이라 평한다.

"왕마힐은 노성老成한 시인이다. 그의 시 속에 그림이 있고, 그림 속에 시가 있다. 나와 왕마힐 사이에는 옷깃의 간격間隔도 없다."

왕유는 '중년에 불도를 좋아하여, 즐거운 일은 공空을 깨달았음.' (中歲頗好道, 勝事空自知.)이라 한다. 동파가 이 구절을 엿보았을 것이다. 소동파와 왕유의 중년 공부설의 다른 점은, 소동파는 미혹迷惑의 원인을 보고 응심부동凝心不動에 들었으나, 왕유는 개오開悟하여 소요문逍遙門에 든 것이다. 약간의 선후가 있을 따름이다.

3. 묵좌정관默坐靜觀
—묵묵默默히 앉아, 고요히 관觀하다. —

소동파거사가 공부에 막혀서 읊조린다.

"밤에 동파에서 술을 마시니 깨어선 또 취하고, 취해선 또 깨었네. 돌아와 보니 밤은 삼경, 집 안에 아이 코고는 소리는 우레 같은데, 문을 두드려도 답이 없네. 지팡이에 기대어 강물 소리를 듣는다.
늘상 한스럽기는 이 몸이 내 소유 아닌 것. 언제 즈음 번뇌로 허우적이는 것을 벗을까? 밤은 깊고 인적 드문데, 맑은 바람 불어 잔물결 무늬 평평하구나. 작은 배 타고 여기를 떠나, 산수山水에 거닐며 여생餘生을 보내는 것도 좋으리라."

지팡이에 기대어 강물 소리 듣는다. 묵좌默坐에 힘쓰나 공부工夫가 뜻대로 되지 않는 것이다.

49세에 공부에 크게 나아감이 있었다. 5년을 한결같이 공부에 힘쓴 후, 득력得力하여 소동파가 이른다.

"황주성 남쪽에 정사精舍가 있는데 안국사安國寺라 한다. 울창한 숲과 우거진 대나무 속에 연못과 정자亭子가 있다. 하루 이틀 간격으로 찾아가 향香을 피우고 고요히 앉아 깊이 성찰省察하여 사물과 내가 서로 잊어 몸과 마음이 비었음을 알았다.

죄와 허물이 생겨난 곳을 구하려 해도 찾을 수가 없었다. 일념一念이 청정淸淨하니 오염된 인식認識이 절로 없어지고, 안팎으로 소연消然하여 능소能所가 없다. 홀로 슬며시 즐거워하며, 아침에 절에 가서 저녁에 돌아오는 것이 이제 5년이 되었다."(得城南精舍曰安國寺. 有蕪林鬱竹陂池亭樹. 間一二日, 和焚香默坐深自省察, 則物我相忘身心皆空. 求罪垢所, 從生而不可得. 一念淸淨, 染汚自落, 表裏消然. 無所附麗, 私竊樂之, 旦往而暮還者, 五年於此矣.)

* 附麗부려 ; 기대어 能(主)과 所(客)의 짝을 짓다. 범부는 망령된 아(妄我)로써 경계境界를 두므로 마음과 경계의 능소(主客)가 나는 것이다.

焚香默坐	향을 사르고 묵묵히 좌선하여
深自省察	스스로를 깊이 성찰省察하였네.
物我相忘	사물과 내가 서로 잊었거니

身心皆空	몸과 마음이 모두 비었어라.
一念清淨	일념一念이 청정淸淨하니
汚染自落	오염된 인식認識이 절로 없어지고,
表裏消然	안팎으로 소연消然하여
無所附麗	능소能所짓는 바 없네.

4. 회광반조回光返照
－돌이켜 비추어, 진심眞心에 계합契合하다.－

49세 1084년, 동림상총東林常總선사를 찾아 뵙고, 무정설법無情說法을 듣는다. 다음 날 아침, 호계虎溪의 폭포소리를 듣자마자, 자성自性에 회광반조回光返照하여 개오開悟한다. 개오송開悟頌이다.

溪聲便是廣長舌	溪谷의 물소리는 佛의 항상한 說法이요,
山色豈非清淨身	산빛이 어찌 淸淨法身이 아니리오.
夜來八萬四千偈	迷할제, 팔만사천 偈頌을 두나니
後日與何擧似人	뒷날, 工夫人에게 이 消息을 어떻게 보일 것가.

5. 자득自得

― 진심眞心을 밝히다. ―

청원유신青原惟信선사가 말하였다.

　　"노승老僧이 30년 전에, 참선參禪을 하지 않았을 때에는 산을 보니 산이요, 물을 보니 물이었다. 얼마 지난 뒤, 친히 선지식善知識을 뵙고 약간의 입처入處가 있었을 때 산을 보니 산이 아니요, 물을 보니 물이 아니었다. 그러나 지금은 망심妄心을 쉬고 쉬는 공부(休歇處)에 힘을 얻어서 전과 같이 산을 보니 다만 산이요, 물을 보니 다만 물이더라."
(老僧三十年前, 未參禪時, 見山是山, 見水是水. 及至後來, 親見知識, 有個入處, 見山不是山, 見水不是水. 而今得個休歇處, 依前, 見山只是山, 見水只是水.)

청원青原선사의 삼처三處를 살펴 본다.

미참선시未參禪時에 '산을 보니 산이요, 물을 보니 물이었다.'（見山是山, 見水是水.)의 견해는 범부凡夫시절의 미혹迷惑된 인식認識으로 학습學習한 지식이다.

선지식善知識 친견 후에 '산을 보니 산이 아니요, 물을 보니 물이 아니다.'（見山不是山, 見水不是水.)라 한 것은 칠정몽환설七情夢幻說을 자세히 배우고, 정좌靜坐의 공효功效가 생긴 이후, 온통 공견空見에 젖은 때의 견해이다.

'산을 보니 다만 산이요, 물을 보니 다만 물이었다.' (見山只是山, 見水只是水.)의 견처見處는 망심妄心이 환幻임을 증득證得하여 망심휴헐처妄心休歇處에 거처하는 것이다. 진심眞心이 현현顯現하여 '있는 그대로'를 '있는 그대로' 보고 들을 뿐, 다른 일은 두지 않는 경지이다.

자득自得 이후의 공부는 휴헐休歇 또 휴헐하여 보임保任할 뿐, 다른 수행은 두지 아니한다. 청원靑原선사가 자신의 공부 과정을 삼처三處로 나누어서 설명한 것이다. 동파거사가 읊는다.

浪蘂浮花不辨春	흔들리는 꽃술에 취해, 봄을 보지 못하고
歸來方識歲寒人	돌아와서 비로소 歲寒人(本來面目) 알았네.
回頭自笑風波地	생각하며 웃노라 風波 겪은 자리.
閉眼聊觀夢幻身	눈 감고 오롯이 夢幻身을 보나니.

*夢幻身 ; 묵은 칠정. 본래면목을 알기 전의 행태.

소동파거사가 51세에 본래면목을 단단하게 붙든 것이다. 자득自得이란 진심眞心을 만나는 것이다. 그러나 허공이 허공을 만날 수 없듯, 진심이 진심을 만나는 이치가 있겠는가. 이 만남은 '만남 아닌 만남'이라 해 두자. 진심을 만나면 망심이 본래 몽환夢幻인 줄 아는 것이다. 진심을 만난 이후에는 잘 붙들어야 한다.

6. 백념회냉百念灰冷

－온갖 심념妄心이 '찬 재'와 같이 되다.－

世事子如何	세상 일, 그대는 어떻게 보는가,
禪心久空寂	禪心은 영원히 空寂하다네.
世間出世間	世間이든 出世間이든
此道無兩得	이 道는 어느 쪽에도 屬하지 아니하네.
故應入枯槁	그런고로 응당 枯木처럼 情念을 쉬어서
習氣要除拂	七情의 버릇을 모다 떨어내야 한다네.

60세에 오자야吳子野에게 준 시이다. 죽은 나무(枯木)에는 생기生氣가 없다. 생기生氣 없는 나무는 다시 살아나지 못한다. 칠정七情이 죽은 나무와 같이 살아날 수 없어야 공부가 온전한 것이다. 백념회냉百念灰冷도 '온갖 심념心念이 찬 재와 같이 되는 것'이니, 같은 뜻이다.

칠정七情을 즐거이 쓰면서 도道를 배운다는 것은 모래로써 밥을 지으려는 것과 같다.

7. 향상일로向上一路

― 진심眞心을 오롯이 하여, 대적大寂을 향하다. ―

소동파거사가 62세에 읊는다.

泥洹尙一路　　열반大寂 한 길만을 崇尙하나니
所向餘皆窮　　向하는 바에 오롯이 온 힘을 다한다네.

8. 미언微言

　소동파 선생은 거사居士인지라 학인學人을 제접하지 아니한다. 그런 까닭에 공부工夫의 미묘微妙한 곳에 대한 글은 찾기 어렵다. 공부하는 이를 낚아 올리는 기량技倆을 드러내기보다는 자신의 심처深處를 시로 읊어 보이는 것이다.

　수행방법설修行方法說, 동념즉괴설動念卽乖說, 염기즉각설念起卽覺說, 무심효용설無心效用說, 오후수행설悟後修行說 등의 직설直說은 보이지 않는다.

　그러나 오후悟後의 시詩에 은미하게 의지意旨가 드러나 있다. 읽으며 찾아내는 재미는 독자의 몫이다.

東坡窃世落句

東坡落句 序

　지금 세상의 철학哲學과 문학文學과 예술藝術은 칠정七情을 인간의 고유固有한 마음이라 파악把握하고, 선악善惡과 시비是非의 잣대를 두어 사유思惟한다.

　지선至善을 구한다고 하나 칠정七情을 벗어나지 아니하고, 대의大義를 세우나 시비是非의 그물을 걷어내지 못한다.

　요즘의 학자들은 옛사람이 '학문學文은 도道에서 나와야 바른 학문이다. 바르게 학문하려면 먼저 도를 밝혀야 한다.' 라 한 것을 이해하지 못한다. 칠정七情으로 사유思惟하고 행동하기 때문이다. 도道의 해석도 제각각 제멋대로이다.

　예컨대, 무심無心과 무위無爲가 가장 이해理解하기 어려운 경지境地인데도, 그 뜻을 알지 못한다고 저술에 밝히는 학자는 볼 수가 없다.

　중용中庸에 '어리석으면서 자기 견해見解를 쓰기 좋아하고, 천학淺學이면서 제멋대로 지도리를 세운다.'(愚而好自用, 賤而好自專.) 하였다. 공자孔子도 걱정한 바이다.

　소동파 선생도 '도道에 밝아야 문文이 따른다. 문文은 도道에서 나와야 사념邪念에 떨어지지 아니하는 것이다.' 라고 한다. 소동파 선생은 시법詩法에서 '정靜과 공空에 밝아야 현묘玄妙에 나아 갈 수 있다.' 하였다. 현묘玄妙에 거닐지 못하더라도, 청한淸閑을 얻어야 문文을 할 만하다고 할 것이다.

절세낙구竊世落句에는 소동파 선생의 문론文論 등의 낙구落句에서 그 본의本意를 살피고저 하는 것이다.

소동파 선생은 부득이 하여 과시科試를 거쳐 세상에 나온 후, 중은中隱의 선비로써 행하였으되 뜻은 방외方外에 있었다.

竊世落句 序蕣

1. 문론文論

글이란 그 사람의 사상思想과 견처見處와 학식學識이 그때의 관심처
關心處를 따라 나타나는 것이다.

소동파거사의 50대에는 견처見處가 밝아 유儒·불佛·도道 삼가三家
의 종의宗意를 꿰어 말한다.

孔老異門	공자孔子와 노자老子는 다른 문,
儒釋分宮	유가儒家와 불가佛家는 다른 집이다.
又于其間	또한 그 사이에
禪律相攻	선禪과 율律이 서로 공격한다.
我見大海	내가 큰 바다를 보노라니
有北南東	북北과 남南과 동東이 있네.
江河雖殊	강江과 하천河川이 비록 다르나
其至則同	그 이르는 곳은 같다.

유儒·불佛·도道가 하나의 근원根源이나, 근원에 이르는 방법이 다
르다는 것이다. 하나는 마음이다. 동파거사는 일찍이 유가儒家와 도가
道家에는 해통解通했으나, 불가佛家의 묘의妙意는 황주유배 시절에, 45
세부터 5년의 간경看經과 망구묵좌忘軀默坐 끝에 자득自得한다. 자득
연후에 유가, 도가의 종의宗意를 새로운 안목으로 꿰어 보게 되는 것이
다. 유가儒家의 종의宗意는 무사無思요, 불가佛家의 종의는 무념無念이

요, 도가道家의 종의는 무심無心이다. 무사無思, 무념無念, 무심無心은
같은 뜻이다.

소동파는 사람에 상하上下를 두지 않았다. 무등사상無等思想을 보인
발자국이 곳곳에 남아 있어 세인世人의 감동을 준다. 측사測思의 글은
있으되, 인품이 따르지 못하는 것이 속사俗士의 사정인 것이다. 소동파
가 말한다.

我庶一體   나와 서민은 한 몸,
上下不分   사람에게 상하는 없다.

무등사상無等思想이 근저根柢가 되어 서민의 사정을 어루만졌다. 유
배 시에도 약을 미리 구했다가 서민을 치료하고, 서민과 더불어 즐기
는 사詞를 짓고, 동파육東坡肉을 계발하여 서민의 주린 배를 달래주며,
동파제東坡堤를 건설하여 홍수를 막았으며, 외임外任 시에 집을 구입했
으나 전주인前主人 노파의 사정을 듣고는 노파에게 집을 주고, 자신은
식솔食率을 데리고 관사의 한 모퉁이에 거처했다.
　자신의 편안함을 구하려 서민의 삶을 외면하지 않았으며, 가난을 두
려워하지 않았다. 소동파는 사상과 행동과 문文이 일치하는 해맑은 선
비이다.
　소동파의 만년 공부는 무심소요無心逍遙에 있다. 공부의 심처深處가
그러하니 문文이 자연히 따르는 것이다.

당송唐宋의 시 가운데 '日華川上動, 風光艸際浮.' 구절이 서정抒情의 기교技巧가 빼어 났다고 평한다.

日華川上動   햇빛은 강물 위에 흐르고
風光艸際浮   풍광은 풀밭 위에 넘실거리네.

이 구句의 '動, 浮'가 묘미妙味라는 것이다. 그러나 이 구는 칠정七情의 진로塵勞를 벗어나지 못했다. 이 구의 시격詩格은 두보杜甫의 청한淸閑을 만나지 못하고, 두보(712-770)는 왕유王維(701-761)의 낙처落處를 알지 못한다.

소동파에게는 청고淸高의 풍격風格과 도안道眼이 갖추어져 있어, 때때로 상외象外의 상象을 그려낸다. 그런 까닭에 소동파의 시를 태공풍격太空風格이라 하는 것이다.

당송唐宋의 대유大儒가 문론文論의 대체大體를 말한다.

한유韓愈(768-824)
　　道에 뜻을 두어 文으로 삼는다.(文以志道)
유종원柳宗元(773-819)
　　道를 밝힘으로써 文을 삼는다.(文以明道)
구양수歐陽脩(1007-1072)
　　道에 합하면 文이 절로 이른다.(道勝而文自至)

소식蘇軾(1036-1101)이 말한다.

1. 문장文章이란 그렇게 하기 위함이 아니라, 그렇게 하지 않을 수
   없게 된 뒤에 공교工巧해지는 것이다. 산천초목山川草木의 구름,
   안개, 꽃, 열매는 절로 드러난 것이니 그것이 없고자 해도 어찌
   그렇게 될 수 있겠는가?
2. 문은 반드시 도와 더불어야 한다.(文必與道具)
3. 진眞에 즉卽해야 그 바름을 나타낼 수 있다.
4. 문文을 지음에 반드시 일一을 얻은 연후에 자기의 것으로 할 수
   있다. 그 일一이란 의意이다.
5. 장주莊周의 의호천리依乎天理를 알아야 문文이 설 수 있다.

위의 다섯 마디가 소동파 문론의 대요大要이다. 2-5의 궁극은 같은
뜻이다. 위의 문론은 상사上士를 향한 말이다. 한유, 유종원, 구양수는
사상적思想的으로 두렷한 주장이나 소식蘇軾만이 실오實悟에 나아간
것이다. 지금 세상에 문장으로 종유從遊하는 이는, 선유先儒의 표의表
意를 가슴에 담아야 할 것이다.

소동파가 ‘문文은 무엇을 표현할 것인가를 생각해야 한다.’ 라 하고,
한유는 ‘문장은 어렵고 쉽기 보다는 오로지 옳아야 한다.’ 함은 문장文
章에 처음 나아간 이에게 고언苦言한 것이다. 동파가 말한다.

“무릇 글을 짓게 되면 노경老境에 이르러 반드시 후회되는 바가 많

게 된다."

소동파의 글에도 젊을 때와 노성老成 했을 때의 견해가 달라진 곳이 더러 보인다. 젊어서 많은 글을 쓰게 되면, 반드시 스스로 부끄러이 여기게 되는 바가 많을 것이다. 글이란 스스로 밝아지고, 세월이 쌓인 연후에 청한淸閒히 나아가야 후회가 적은 것이다. 동파의 문文을 통렬히 비판하는 이도 있다. 주희朱熹(1130-1200)가 말한다.

"동파는 도道를 체득體得하고 문장文章을 쓴 것이 아니라, 문장을 쓰면서 점차로 도道를 추구하여 문장 속에 집어 넣었으니 이것이 그의 병폐病弊다. 동파는 도시都市 작문作文을 하면서 점차로 도리道理를 말해 간 것이지, 먼저 도리道理를 체득하고 작문을 하지 않은 까닭에 근본根本이 모두 틀어졌다."

주희朱熹의 날선 독설毒舌이다. 주희는 공부가 얕으면서도 공자의 도설道說에 대해 가장 많은 주석을 붙인 공문孔門의 걱정꺼리이다. 사무사思無邪로 일이관지一以貫之하는 공자의 종의宗意를 밝히지 못한 까닭에, 이성二性을 주장하여 칠정七情을 성性이라 하며 온갖 잡설雜說을 쏟아낸다. 칠정七情은 다만 정情일 뿐이며, 그 체體는 환幻이다.

정이程頤를 신유학의 개조開祖로 존숭하는 까닭에, 정이의 막힌 견해를 지적한 소동파蘇東坡에게 다른 뜻을 지니고 도道와 문장文章의 근본根本 운운하면서 독설하는 것이다.

주희는 정이程頤와 그의 문인 몇 사람의 말을 끌어 모아놓고 집대성集大成했다고 생각한다. 주희의 소견所見이 그러하다. 그 내용은 한마디로 어지럽다.

이성二性으로 출발한 심학心學이론은 끝끝내 공자의 가르침에는 합습하지 못한다. 다만 공자孔子를 등지고 세상을 어지럽혔을 뿐이다.

소동파가 주희의 조종祖宗인 정이를 무시無視했다고 생각한 주희가 천박淺薄하게 동파를 공격하는 것이다. 소동파는 정이를 미워한 것이 아니라, 정이의 견해가 이치에 닿지 않으므로 다만 '그렇지 않다' 고 말했을 뿐이다.

공자의 도는 명덕明德, 즉 성性을 밝혀 온갖 이치에 통하지 않음이 없는 것이다. 그러므로 공자孔子께서 '나의 도道는 일이관지一以貫之니라.' 하였던 것이다.

도설道說은 여러 가지의 이론이 필요하지 않다. 다만 일이관지一以貫之일 뿐이다. 주희는 칠정의 생각으로 도를 헤아릴 뿐, 공자의 '칠정 없는 도설道說' 을 알지 못한다.

위의 주희의 평評은 이치에 닿지 아니한다. 동파의 도설道說은 주희의 독설에도 초연超然히 드밝다.

소동파거사는

47세, 고승高僧과 교유하며 칠정몽환설七情夢幻說의 정의精義를 배워 응심부동凝心不動에 들다.

48세, 해오解悟하여 적벽부赤壁賦와 비장성枇杖聲을 읊다.

49세, 개오開悟하여 동림계성東林溪聲과 여산진면목廬山眞面目을 읊다.

50세, 무하유無何有를 읊었다

51-66세, 중은中隱의 선비로서 명철한 설리說理와 올올兀兀한 기상氣象의 거사풍居士風을 은근히 일으킨다.

소동파의 풍도風道는 장상영張商英(1043-1121)에게 영향을 주고, 황정견黃庭堅(1045-1105), 진관秦觀(1049-1100), 조보지晁補之(1053-1110), 장뢰張耒(1054-1114), 진사도陳師道(1053-1101) 등을 이끌었으며, 소철蘇轍(1039-1105), 문동文同(1018-1079), 공문중孔文仲, 왕진경王晉卿, 이용민李龍民, 미불米芾(1051-1107) 등이 따랐다. 세상에서는 이들을 촉학파蜀學派라 부른다. 촉학파는 유儒에 몸을 담았으나, 선禪을 존숭尊崇하여 공부하며 중은中隱 혹은 소은小隱의 삶을 살았다.

정이程頤 등의 낙학파洛學派는 촉학파가 선禪에 경도 되었다 하며 비난했다. 당시의 사대부와 문사들은 거의가 촉학파를 지지했다. 동파의 밝은 지혜와 청렴한 생활이 거사풍이 넓혀지는 바탕이 되었을 것이다.

개오開悟 이후의 동파는 천성天性을 지키며, 천성天性에 맡겨 소요逍遙하는 드밝은 선객禪客의 삶을 살았다.

2. 선시절간禪詩窃看

유정有情과 무정無情을 낙화落花와 유수流水에 빗대어, 어느 선객禪
客이 읊었다.

落花有意隨流水 　낙화는 有情으로 유수에 몸을 맡기나
流水無情送落花 　유수는 無情으로 낙화를 보내누나.

칠정몽환설七情夢幻說을 이해하여, 대對를 두어 잘 읊은 듯하다. 그
러나 시詩에 생기生氣가 보이지 않는다. 낙화와 유수, 모두가 무정無情
이라 해야 반半은 해의解義가 있다고 하겠다. 사상思想으로 구성한 시
이다. 아래의 시는 대혜종고大慧宗杲선사가 읊었다.

落花片片隨流水 　낙화는 점점히 유수에 몸을 맡기고
流水無心戀落花 　유수는 無心으로 낙화를 좋아하누나.

이 시는 낙화洛花와 유수流水가 모두 무심無心이다. 묘의妙意는 '유
수流水가 무심無心으로 낙화落花를 좋아함'에 있다. 무정無情과 무심無
心은 같은 뜻이다. 아래는 소동파의 '무정송조無情送潮' 첫 구이다.

有情風萬里券潮來 　有情風이 萬里에 潮水를 몰고 왔으나
無情送潮歸 　　　　無情으로 潮水를 돌려 보내네.

'落花有意隨流水'는 소동파의 시를 흉내 낸듯하나, 묘의妙意가 없을 뿐 아니라 출처出處가 다르다. 동파는 벗, 도잠화상이 칠정七情을 벗어나지 못함을 안타까이 여겨 공부를 독려하는 시이다. 대저 선시禪詩는 흉내 낼 수는 있으나, 자득自得이 없으면 제대로 될 수 없다. 공부가 없으면서 선시禪詩를 지으려 애쓰는 이는 바르게 되기 어렵다.

3. 도연명설陶淵明說

　소동파가 읊는다.

道喪士失己	道에 어두운 선비는, 眞我를 잃어
出語軏不情	말을 해도 道理에 어긋나네.
江左風流人	강남의 風流人
醉中亦求名	취중에도 명성을 구하누나.
淵明獨淸眞	淵明만이 홀로 맑고 참되어
談笑得此生	담소하며 이 生을 얻었구나.
身如受風竹	몸은 바람맞은 대(竹)와 같으나
薾冉衆葉驚	옛집에 찾아드니, 온갖 나뭇잎이 사각이며 놀래는구나.

　*薾冉 ; 옛집(나무가 우거진 집)에 나아가다.

옛집은 진아眞我가 아니겠는가. 진아를 알지 못하고 말을 하면, 이름을 따르고 칠정의 파도 따라 철없이 우왕좌왕하게 되는 것이다. 소동파는 노년老年에 화도시和陶詩 136수를 지었는데, 동파만의 감회感懷가 있는 것이다. 짐작이 가는 바 있으나 여기에 적지 아니한다.

소동파는 도연명의 잡시雜詩 가운데 '採菊東籬下, 悠然見南山.' 한 마디가 가장 볼만하다고 한다. 그러나 진아眞我를 알지 못해 사생死生 밖에서 초연超然하지 못하다고 한다.

採菊東籬下	동쪽 울타리 아래서 국화를 따다가
悠然見南山	유연히 남산을 바라보네.
山氣日夕佳	山氣는 날 저물자 더욱 아름다운데
飛鳥相與還	나는 새들이 무리 지어 돌아오누나.
此中有眞意	이 가운데 참된 뜻 있나니
欲辯已忘言	무어라 하려다가 말을 잊었네.

소동파는 '내가 곧 도연명이요, 도연명이 곧 나다.'(我卽淵明, 淵明卽我.)라고 여러 번 말한다. 백낙천도 '도연명이 나의 전생이다.'(淵明是吾前生.)라고 한다. 이로써 미루어 보건대 도연명, 백낙천, 소동파는 같은 인물일 수 있다. 동파가 말한다.

"나는 시인을 좋아하는 바 없으나, 유독 도연명을 좋아한다. 그의 시는 질박하지만 그 실은 화려하고, 야위었지만 그 실은 기름져서 조

식, 류정, 포조, 사령운, 이백, 두보 등의 인물이 미치지 못한다."

"내가 도연명보다 못한 것은, 세상사가 나를 옭매기 때문이다."(我 不如陶生, 世事纏綿之.)

도연명은 이름을 멀리하고 권력을 싫어하며 소박素朴에 거처하였다. 그의 시는 생활을 솔직하게 표현하고, 해맑은 생각으로 구름과 바람과 산기山氣와 노을을 벗하였다. 불가佛家의 혜원慧遠대사, 도가道家의 육수정陸修靜과 교유하며 호계삼소虎溪三笑의 일화를 남기기도 하였다. 도연명의 시에는 가난을 고달파하며 죽음에 대한 두려움이 자주 나타난다. 도생은 달사達士가 아닌 것이다. 당시의 고사高士인 구마라습鳩摩羅什과 승조僧肇를 찾아 배움을 청하지 못한 아쉬움이 있다.

도연명에 대한 동파의 칭찬이 다소 과한 면이 없지 않다. 도연명은 다만 '採菊東籬下, 悠然見南山.' 이 한 구만 남긴 것이라 하겠다. 소동파는 이 구가 '경境과 의意가 만난 것이라, 진실로 묘미妙味가 있다.' 라 하였다.

4. 왕마힐설王摩詰說

왕유의 시 '산중山中'을 읽고, 소동파가 '시중화詩中畵' 라 했다고 한다. 왕유의 중년 이후의 시는, 대체로 자연과 촌부村夫와 선비의 소박

천진素朴天眞을 읊었다. 왕유는 신회神會선사의 문인으로써 중년에 개오開悟한다.

'산중山中'은 왕유의 상시上詩, 구제九題 중의 한 편인데, 산중공취山中空翠는 '산중'을 뒷사람이 두 마디 개어改語한 것으로 보인다.

山中

荊溪白石出	형계에 물 줄어 흰 돌 드러나고
天寒紅葉稀	날씨 차가와지니 홍엽이 드문드문.
山路元無雨	산 길에 본디 비가 없었는데
空翠濕人衣	허공의 푸르름이 옷을 적시네.

山中空翠

藍谿白石出	쪽빛 계곡에 물 줄어, 흰 돌이 드러나고
玉川紅葉稀	옥빛 시내에 붉은 낙엽이 드문드문.
山路元無雨	산 길에 원래 비가 없었는데
空翠濕人衣	허공의 푸르름이 옷을 적시누나.

소동파가 이른다.

"왕마힐은 본래 노성한 시인으로, 청한淸閑하고 초고超高한 풍도風度는, 지초芝草를 차고 향기로운 창포를 입은 듯하다."

또 이른다.

味摩詰之詩　마힐의 詩를 음미해 보면
詩中有畵　　詩 가운데 그림이 있고,
觀摩詰之畵　마힐의 그림을 보노라면
畵中有詩　　그림 가운데 詩가 있다.

라 하며, 왕유의 도품道品과 시詩와 화畵가 빼어났다고 한다. 화론畵論,
왕설王說에서 다시 말한다.

5. 왕·오·문화설王吳文畵說

대저 그림의 효용은 크다고 할 수 있다. 천지만물을 붓 끝에 묻혀서
뜻대로 화폭에 옮겨 세인世人과 더불어 즐길 수 있기 때문이다. 그러나
그림이 단지 겉모습만 옮긴 것이라면 하화下畵에 불과하다. 만물의 생
명력生命力과 동정動靜의 이리理를 얻어 청신淸新의 담담적의淡淡適意를
담아내야 신정묵계神淨默契의 묘절妙絶을 얻었다고 할 수 있다.

왕·오·문화설王吳文畵說이란 왕유王維, 오도자吳道子, 문동文同에 대
한 소동파의 화설畵說이다. 소동파가 화론畵論을 말한다.

"시와 그림은 본래 하나의 音律이니, 천기天機의 공교工巧와 청신淸新에 나아가야 한다."(詩畫本一律, 天工與淸新.)

문동文同(1018-1079, 字 與可)은 북송의 문인으로 시詩, 초사楚詞, 초서草書, 죽화竹畫에 능하여 문동사절文同四絶이라 부른다. 진사進士에 급제하여 능주陵州, 진주陳州, 삼호三湖의 태수를 지냈다. 소소거사笑笑居士, 금강도인錦江道人이라 자호自號했다. 담묵淡墨이 풍지간중風旨簡重을 얻었다 하며 묵죽墨竹의 개조開祖로 불리운다. 동파가 말한다.

"문여가(文同)는 시명詩鳴, 초성艸聖이라 평하지만 죽삼매竹三昧를 겸하였네. 시시로 목석木石을 토하니 황괴荒怪하기 상외象外를 벗어났네."(文與可, 詩鳴艸聖, 餘兼入竹三昧. 時時出木石荒怪軼象外.)

소동파는 문동에게 묵죽을 배웠는데, 소동파는 청신淸新의 지기至氣를 보여, 문동과 더불어 북송北宋의 묵죽대가로 알려졌다. 소동파가 오대시안烏臺詩案의 화禍를 입어 황주로 유배 갈 때 문동文同이 소동파에게 말한다.

北客若來休問事　北에서 客 오더라도 세상일 묻지 말고
西湖雖好莫作詩　西湖山水 빼어나도 詩는 짓지 말게!

선배 문객, 문동文同이 소동파의 직설直說이 또 다른 화를 부를 것을 염려하는 시구이다. 소동파가 황주로 떠나자마자 문동은 별세한다. 소동파가 오도자吳道子의 그림을 보고 후서後書한다.

　　"지혜로운 자는 물物을 창조하고, 능能한 자는 그것을 계술繼述하니 한 사람이 이룬 것이 아니다. 군자君子의 학문과 백공百工의 기예技藝가 삼대三代로부터 한대漢代를 거쳐 당대唐代에 이르러 갖추어졌다. 그리하여 시는 두자미杜子美에 이르러, 문장은 한퇴지韓退之에 이르러, 서법書法은 안노공安魯公, 그림은 오도자吳道子에 이르게 되어 고금의 변화와 천하의 능사能事가 다하게 된 것이다."(知者創物, 能者述焉, 非一人而成也. 君子之於學, 百工之於技, 自三代歷漢, 至唐而備矣. 故詩至於杜子美, 文至於韓退之, 書至於安魯公, 畵至於吳道子, 而古今之變, 天下之能事畢矣.)

　　소동파는 오도자吳道子(700-760, 名 道玄)의 738년경 작 '지옥변상도地獄變相圖'의 발문跋文에 다음과 같이 말한다.

　　"오도자吳道子는 화성畵聖이다. 법도法度를 지키면서도 신법新法을 드러내고, 호방豪放 바깥의 묘리妙理를 보이니, 대저 칼질을 하나 여유롭고, 도끼를 휘둘러 바람을 일으키는 (莊子의 庖丁과 匠石같은) 사람이다."(道子畵聖也. 出新意於法度之內, 寄妙理於豪放之外, 蓋所謂游刃餘地, 運斤成風者耶.)
　　* 斤 도끼 근

소동파 만년에, 왕유가 그린 개현사開玄寺의 벽화壁畵를 보면서 오도자吳道子가 왕유王維의 '상외지유象外之游'의 경지를 따를 수 없음을 발견한다.

"오도자의 그림이 비록 묘절妙絶하나, 화공畵工으로써 논할 뿐이다. 왕유王維의 그림은 상외象外를 자득自得함이 있어, 마치 숨은 숨결을 일으켜 신선神仙의 날개를 드리우고 나는 것 같다. 내가 두 사람을 보니 솜씨가 다 신준神俊이다. 왕유의 경지境地는 지책指責할 말이 없어 옷깃을 여미게 된다."(吳生雖妙絶, 猶以畵工論. 摩詰得之於象外, 有如僊翮謝籠樊. 吾觀二子皆神俊. 又於維也歛袵無間言.)

* 翔 빙빙 돌아날다 상. 翮 깃촉 핵. 籠 ; 활통 농. 대그릇. 樊 울타리 번. 歛 원하다 감. 袵 옷깃 임.

소동파는 왕유의 벽화를 만나 그림을 논하며 상외象外를 말한다. 상외象外란 사무사思無邪의 경지이다. 고금을 통해 화공畵工이 몇이나 상외象外를 거닐 수 있었겠는가?

소동파가 왕유를 동도동경同道同境이라 함은 그림만을 보고 평하는 것은 아니다. 왕유의 고시高詩, '백원와白黿渦', '변각사辨覺寺', '녹채鹿柴', '산중山中', '종남별업終南別業' 등을 통해 왕유의 견처見處를 보았던 것이다. 등변각사登辨覺寺를 살펴 본다.

변각사辨覺寺가 여산廬山의 어느 기슭에 있었을 것이라고 학자들은 추측한다. 그러나 변각사란 왕유의 상상 속의 산사山寺일 것이다. 변각사辨覺寺란 이름이 예사롭지 않다. 변각辨覺이란 보살菩薩의 깨달음을 변별辨別한다는 뜻이다. 초지初地란 화엄華嚴 초지보살이니, 처음 견성見性한 환희지歡喜地이다. 견성見性 연후에 닦아가는 공부계위工夫階位가 십일十一 계위階位가 있다.

환희지歡喜地에서 묘각妙覺까지 오언팔행五言八行에 담아내는 솜씨가 탁월하지만, 그보다도 보살菩薩의 경지境地를 변별辨別하여 비유하며 논하는 것이 놀라웁다.

소동파가 왕유를 '상외지유象外之游의 청고淸高'라 함은 소동파의 안목眼目이 밝기 때문이다. 등변각사의 시어詩語를 변별辨別하여 본다.

登辨覺寺

竹徑運初地	대숲 길이 初地로 이어지고
蓮峰出化城	蓮花峰에서 化城이 나타나누나.
窗中三楚盡	窓 가득 三楚(東, 西, 南)가 펼쳐지고
林上九江平	숲 위로 九江이 평안히 흐르네.
輭草承趺坐	연한 풀은 跏趺坐를 받들고
長松響梵聲	長松은 梵聲을 토하누나.
空居法雲外	法雲 밖에 淸淨眞性으로 逍遙하고
觀世得無生	無生을 得하여 世上을 觀하누나.

* 運(돌아들다)ー은 連(이어지다)ー과 통한다.

三楚삼초 ; 전국시대 초나라 땅. 진秦, 한漢시대에 옛 초땅을 동, 서, 남으로 삼분한 데서 유래한 말.

'변각사에 올라' 의 의해義解

竹徑(十回向)에 이르니 初地(歡喜地)에 이어지고
蓮峰(離欲地)에 이르니 化城(發光地)이 나타나누나.
窓(焰慧地) 가득, 五地, 六地, 七地가 펼쳐졌네.
수풀(不動地) 위에 九江(善彗地)이 평안히 흐르네
연한 풀밭은 상도인上道人의 가부좌跏趺坐를 받들고
높은 소나무는 무정법無情法을 설설說하누나.
法雲(法雲地) 밖에 진성眞性으로 逍遙(等覺)하고
佛은 세상을 觀하며 無生(妙覺)에 계시도다.

'변각사에 올라' 에 나타난 시어와 화엄보살지를 비교하면 아래와
같다.

王維詩語		菩薩地		
0. 竹徑	—	십회향十回向	—	灌頂位
1. 初地	—	환희지歡喜地	—	華嚴一地
2. 蓮峰	—	이욕지離欲地	—	華嚴二地
3. 化城	—	발광지發光地	—	華嚴三地
4. 窓	—	염혜지焰慧地	—	華嚴四地
5. 楚東	—	난승지難勝地	—	華嚴五地
6. 楚西	—	현전지現前地	—	華嚴六地
7. 楚南	—	원행지遠行地	—	華嚴七地

8. 林　　— 부동지不動地 — 華嚴八地

9. 九江　— 선혜지善彗地 — 華嚴九地

0. 法雲　— 법운지法雲地 — 華嚴十地

　空居　— 등각等覺

　無生　— 묘각妙覺 — 大寂

　왕유의 '辨覺寺에 올라' 는 방외의 고격절품高格絕品이다. 그 이리는 무성無聲의 성聲이라 하겠다. 경지는 세속의 눈을 벗어나 있어 왕유의 별지別智를 강 건너 보았다고 하겠다. 뒷사람이 왕유를 시불詩佛이라 함은 공언空言이 아니다. 대저 불법佛法을 깊히 연구研究한 자는 바라보고 또 바라볼 것이다. 왕유의 글을 살피면 따로 얻는 바가 있으리라.

　왕유王維는 청淸의 동기창董其昌에 의해 문인화文人畵의 개조開祖로 존숭尊崇 된다. 왕유의 무심화풍無心畵風에 동기창이 느낀 바가 있었을 것이다. 진晉의 고개지顧愷之, 북제北齊의 안지추顔之推, 남제南齊의 사혁謝赫 등이 시詩와 화畵에 달인達人이나, 동기창이 왕유를 존숭한 것은 소동파의 영향이 적다고 할 수 없다. 소동파 묵죽墨竹의 소징素徵과 작태作態에 대해 미불米芾이 말한다.

　　"소식의 묵죽墨竹은 땅에서부터 꼭대기까지 한 번에 그린다. 마디마디 구분해서 그리지 않는 까닭이 무엇인가? 물으니, 죽이 처음 나면서 마디를 좇아 자라는가? 하고 대답한다. 그 생각이 참으로 청발淸拔

한데, 이것은 문여가文與可로부터 배운 생각이다.

　동파가 이르기를, 먹이 진한 곳은 표면이요, 연한 곳은 뒷면이니, 이 법은 여가與可가 시작한 것이라 한다. 동파의 임죽林竹은 참으로 정精하다. 동파가 그린 고목지간枯木枝幹은 구불구불하고, 돌의 결은 단단하나 기괴奇怪하다."

소동파가 화죽설畵竹說을 읊는다.

　與可畵竹時　與可가 竹을 그릴 때
　見竹不見人　竹만 보고 사람은 아니 본다.
　豈獨不見人　어찌 사람만 아니 보겠는가.
　嗒然有其身　문득 자신도 잊는다.
　其身如竹化　그 자신이 竹이 되나니
　無窮出淸新　무궁한 淸新함이여!
　莊周世無有　莊子가 지금 세상에 없으니
　誰知此凝神　누가 至誠의 妙處를 알겠는가?

　*嗒야 ; 예, 읍揖.

　문동文同은 죽竹을 그리기 위해 대숲에 집을 지어 놓고 살며, 죽성竹聲을 들으며, 죽음竹陰 속을 거닐며 쉬다가 흥興이 일면 죽竹을 그렸다고 한다.

　소동파는 문文과 예藝는 배우고 익히며 묘절妙絶을 얻어야 한다고 한다. 동파의 문여가화죽설文與可畵竹說은 그림 배우는 이의 거울이다.
어찌 그림에 그치겠는가? 왕유王維, 오도자吳道子, 문동文同의 묘절妙絶
을 동파거사를 통해서 볼 수 있었다.

6. 속사俗士의 망소요유설亡逍遙遊說

속사俗士들이 글줄經書이나 읽고 초서草書를 휘저으며,

> "공자孔子, 장자莊子의 도道가 이런 것이다. 나는 이렇게 소요逍遙
> 한다."

라 하며 허풍떠는 무리들이, 예나 지금이나 도처에서 자시自是, 자고自
高, 자대自大라 하며 스승노릇을 하고 있다. 한때의 겨자씨만한 소견所
見과 복력福力으로, 성인聖人의 도道에 분칠糞漆을 하는 것이다. 소동파
거사가 이런 무리들을 나무란다.

亡識逍遙遊說

人生識字憂患始	인생에 글줄이나 아는 것, 우환의 시작일세.
姓名粗記可以休	거칠게 이름자나 쓸 줄 알면 그만 둘 일.
何用艸書夸神速	어지러이 草書 배워 빨리 쓰기 자랑하는가.

開卷惝恍令人愁	책을 펴면 머엉하여 사람을 시름케 하네.
我嘗好之每自笑	나도 일찍이 좋아했거니, 매번 스스로 웃는다네.
君有此病何能瘳	그대도 이 病이 있으니, 어찌하면 낫겠나.
自言其中有至樂	글자랑 속에 至樂있다고 스스로 말하며
迪意無异逍遙遊	뜻대로 나아가 그치지 못하는 짓을 逍遙遊라 하는 구나.

* 惝恍창황 ; 머엉하다, 당혹하다.   瘳 나을 추.   迪 나아갈 적.   瘳 그만 둘 이.

　　소요유逍遙遊란 진심眞心을 자득自得하여, 성성惺惺에 나아간 연후에 거닐 수 있는 높은 경지이다.

夢世戲語 終

後記

吟 東坡居士 黃州後路

中隱居士
東坡先生
雪堂의 東窓너머
九峰山이 어스레.

九江의 실안개 흩으며
어제 그 해가 뜬다.
周旦의 禾처럼
漢武帝의 鼎처럼
雲門의 松風처럼.

산들바람은
五湖를 지나 中峰을 향하고
一片白雲은
無心히 太空에 거처한다.
隱과 曉霧라
禾鼎과 松風이라.

그렇기는 해도

이 世上에

幻 아닌 것 무엇이던가.

사람들은 本來로

幻 밖의 太空과 한 몸 이거다.

－莊生의 無何有에서 東坡居士의 杚杖聲을 듣는다.－

* 中隱 ; 閑職을 自請하여 隱逸逍遙하는 것.
* 周旦의 禾 ; 周公이 처음으로 벼농사를 시작하다.
* 漢武帝의 鼎 ; 漢의 武帝가 처음으로 솥을 만들어 백성에게 보급하다.
* 雲門禪師의 松風 ; 五月의 松風을 팔려 하나, 世人이 값 모를까 두려워
  하노라. - 詩句의 松風.

• 蘇東坡禪詩窃看은 禪學에 관심이 덜한 이는 了解가 쉽지 않을 것이다.
  그러나 讀書와 思惟를 밝게 하여 의문을 줄여가며, 精讀 深問하면 즐거
  움이 있을 것이다. 훗날 눈 밝은 이의 바로잡음과 卓然한 풀이를 생각한
  다.

人名錄

이고李翺	772-836	居家自悟, 藥山과 西堂이 認可
백거이白居易	772-846	鳥窠道林의 門人
유종원柳宗元	773-819	唐宋八大家
황벽희운黃檗希運	?-850	백장문인, 임제의 스승
조주종심趙州從諗	778-897	南泉의 門人
규봉종밀圭峰宗密	780-841	華嚴宗의 五祖
운문문언雲門文偃	864-949	雲門宗의 開祖, 雪峰의 門人
오조사계五祖師戒	?-1035	雪竇重顯의 門人
천의의회天衣義懷	993-1064	설두중현의 門人
구양수歐陽脩	1007-1072	楔嵩의 門人, 六一居士
소순蘇洵	1009-1066	廬山, 圓通居訥의 門人
소옹邵雍	1011-1077	皇極經世
주돈이周敦頤	1017-1073	壽涯, 黃印, 佛印, 常總腥 袟鸞
문동文同	1018-1079	北宋四絶 (詩, 楚詞, 草書, 墨竹)
왕안석王安石	1021-1086	末年에 집을 절로 고쳐, 布施.
오조법연五祖法演	1024-1104	浮山法遠의 門人,임제종 楊岐派
동림상총東林常總	1025-1091	黃龍慧南의 門人, 황룡파 2祖
진정극문眞淨克文	1025-1102	黃龍慧南의 門人
불인요원佛印了元	1032-1098	開先善暹의 門人
정호程顥	1032-1085	周敦頤의 門人
정이程頤	1033-1107	

소식蘇軾	1036-1101	東林常總의 門人, 說理詩
소철蘇轍	1039-1112	香城淸順의 門人
장상영張商英	1043-1121	眞淨克文의 門人, 護法論
황정견黃庭堅	1045-1105	蘇門 四學士, 黃龍祖心의 門人
미불米芾	1051-1107	蘇軾腥 門人
진관秦觀	1049-1100	蘇門 四學士
조보지晁補之	1053-1110	蘇門 四學士
진사도陳師道	1053-1101	蘇軾의 門人
장뢰張耒	1054-1114	蘇門 四學士
원오극근圓悟克勤	1063-1125	五祖法演의 門人
대혜종고大慧宗杲	1089-1163	圓悟克勤腥 門人
주희朱熹	1130-1200	
보조국사普照國師	1158-1210	修心訣, 圓頓成佛論
청허휴정淸虛休靜	1520-1604	禪敎釋
이율곡李栗谷	1536-1584	天道策, 20세 開悟
청매선사靑梅禪師	1548-1623	淸虛門人, 十無益頌
사신행査愼行	1570-1628	淸, 文人

慧遠혜원 335-417	念佛禪의 淨土宗 開祖, 東晋사람. 慧遠과 陶淵明과 陸修靜의 虎溪三笑의 일화가 있다. 三蘇(蘇洵, 蘇軾, 蘇轍)가 慧遠. 陶淵明, 陸修靜의 後身이라 는 說이 있다.
鳩摩羅什 구마라십 343-413	三論宗의 祖師, 般若經, 法華經 등 380여 권 飜譯. 특히 三論, 용수의 中論, 十二門論과 데바의 百論을 道生, 僧肇, 道融, 僧叡 등 문인 三千에게 강설하다.
僧肇승조 383-414	肇論 (物不遷論, 般若無知論 등) 임종게 　四大元無住 　五陰本來空 　以首臨白刃 　猶如斬春風
	中國 禪宗 初祖, 음 10月 5日 入寂.

達磨달마
 	
?-495
 	
?-536
	二入 四行論
	
	   (理入, 行入)
	
	   (報怨行, 隨緣行, 無所求行, 稱法行),
	
	觀心論,
	
	血脈論,
	
	無心論.

慧可혜가 487-593	二祖, 崇山 少林寺로 菩提達磨를 찾아가 팔뚝을 끊어 爲法忘軀의 뜻을 보이고, 각고 수행 후 大悟. 달마대사께서 '汝得吾髓'라 하며 認可.
傅大士 부대사 497-569	雙林大士, 스스로 쌍수림하雙樹林下 당래해탈當來解脫 선혜대사善慧大士라 하다. 弟子 19人이 斷食焚身供養하다. '다만 말소리를 막은 것은 見性成佛을 도모하려고 그런 것이다.' 라 하다. 529년(대통 3년) 운황산에 절을 짓고 뒤에 京師에 들어가 임금과 問答.
僧璨승찬 ?-606	三祖, 信心銘. 俗家에서 風疾에 걸리다. 二祖를 만나 문답하는 가운데 風

	疾이 本空함을 깨닫고 二祖에게 出家하여 法을 받다. 574년, 北周 武帝의 破佛 때, 皖公山에 10년 은거. 592년 道信이 제자가 되어, 9년 뒤 禪法을 잇다.
智顗지의 538-597	天台山 智者大師, 止觀坐禪論, 孟子의 後身說. 孟子의 盡心說이 밝지 아니한 때의 敎語라 하고, 止觀論을 세워 前世(맹자)의 잘못을 바로 잡다. 止觀이란 止幻觀性이다.
道信도신 580-621	四祖, 三祖에게서 십여 년 참학, 雙峰山에서 30여 년간 法을 폈으며, 學道者 500여 명을 두었다.
弘忍홍인 602-675	五祖, 四祖門下에서 30여 년 수행하고 法을 잇다. 雙峰山의 동쪽 憑茂山에서 法을 펴다. 이로부터 빙무산을 東山이라 부르고, 五祖의 法門을 東山 法門이라 한다. 大通神秀 계통이 東山法門을 이은 듯하다. 憑茂山의 다른 이름은 黃梅山, 五祖山, 東山이다.

	五祖 이후에는 五祖山이라 부른다. 五祖師戒(973?-1035)와 五祖法演(1024-1104)을 五祖라 약칭 하는 것은 五祖山에 居했기 때문이다. 師戒는 蘇東坡(1036-1101)의 前身이라 傳한다.
元曉원효 617-686 韓	海東第一僧, 卜性居士. 起信論疎, 金剛三昧經論 외 100여 권 저술.
玄奘현장 622-664	法相宗 開祖. 太宗, 高宗, 則天武后의 外護하에 76부 1347권 번역. 唯識論, 俱舍論의 弘通에 힘쓰다.
義湘의상 625-702 韓	650년 入唐. 662년 終南山 智常寺 智儼에게서 顯首와 함께 華嚴經을 研究. 華嚴一乘法界圖, 法性偈.
神秀신수 ?-706	北宗禪 開祖, 東山法門을 잇다. 漸修頓悟說
	唐 宗室, 儒佛에 高見. 이곳 저곳 다니다 新華嚴經을 읽고는, 古山老仙人의 옆방

李通玄 이통현 635-730	에 居하며, 3년 동안 마당 밖을 나가지 않고, 華嚴經希釋 40권과 十門玄義 4권을 짓다. 3년 동안 每日 대추 10개와 숟가락 크기의 잣잎떡 1개를 먹었다. 이런 까닭으로 사람들이 棗栢大士라 불렀다.
慧能혜능 638-713	六祖, 中國禪의 開花祖. 法寶壇經, 金剛經解.
實叉難陀 실차난타 653-710	695년 洛陽에서 菩提唯智, 法藏과 더불어 華嚴經 80권을 번역.
神會신회 670-762	육조대사의 五大高弟, 江北 七祖, 荷澤宗화엄종 初祖, 宗要 ; 知之一字 衆妙之源. 神秀의 門人이었으나 則天武后의 命으로 江南으로 가서 六祖의 門人이 되어 大悟. 神秀의 北宗禪을 비판하고 六祖의 禪風을 선양하다. 圭峰宗密선사(화엄종 四世) 이후, 華嚴宗은 급격히 衰退.
懷讓회양 677-744	七祖, 15년 동안 六祖를 모시다. 713년 南嶽 般若寺에 들어가 30년 동안 禪風을 선양. 문인 馬祖道一이 大法을 드날리다.

馬祖마조 709-788	八祖, 南嶽磨磚의 機緣으로 大悟. 石頭希遷과 더불어 雙璧을 이루다. 平常心是道, 卽心卽佛 非心非佛을 표방하는 大機大用의 禪. 門下에 百丈懷海, 西堂智藏, 南泉普願, 大梅法常, 歸宗智 常, 汾州無業 등 130여 명의 제자를 배출. 馬祖圓相의 入也打 不入也打 등 示法自在 大機大用 하였다.

龐蘊방온
?-808
	字는 道玄,
	
	石頭希遷에게서 開悟하고, 馬祖道一 에게서 大悟하다.
	
	四高友가 있으니,
	
	丹霞天然, 藥山惟儼, 大梅法常, 仰山慧寂이다.
	
	禪風은 知空, 學無爲이다.
	
	臨終偈 -
	
	  但願空諸所有 다만 모든 마음을 없애라
	  愼勿實諸所無 두려워 말라, 실로 모든 마음은 없는 것
	  好住世間 사람들이 즐거이 머무는 세상살이
	  皆如影響 다 그림자요, 메아리니라.

百丈백장 720-814	九祖, 馬祖門下 三大士.

	懷海. 禪苑淸規 創始. 高弟는 潙山靈祐와 黃檗希運이 있다.
西堂서당 735-814	九祖, 馬祖門下 三大士. 智藏. 新羅 末, 明寂道義 體空慧哲이 法을 받다. 李翶尙書를 認可.
丹霞단하 739-824	天然. 石頭門下에서 開悟, 馬祖에게서 大悟. 丹霞燒木佛. - 話
藥山약산 745-828	惟嚴. 石頭希遷의 法을 잇다. 龐居士와 벗하다. 慧忠國師를 尊崇하고, 龐居士와 벗하다.
南泉남천 748-834	九祖, 普願. 馬祖門下 三大士. 禪院을 열고, 簑笠을 쓰고, 소를 치며, 山에 올라 나무를 하고, 밭을 일구며, 禪風을 펼치다.

	不是心, 不是佛, 不是物 및 南泉斬猫 등의 法語.
道義도의 760-? 韓	明寂. 新羅國 國師. 西堂智藏의 法을 잇다.
黃檗황벽 ?-850	十祖, 希運. 傳心法要, 宛陵錄, 百丈淸規를 드높이다. 臨濟義玄, 裵休가 法을 잇다.
潙山위산 771-853	十祖, 靈祐, 潙仰宗 初祖. 百丈의 法을 잇다. 仰山慧寂, 香嚴智閑, 延慶法端, 王敬初居士 등의 뛰어난 제자가 있다.
李翱이고 772-836	字는 習之, 20세, 담연에게 天台止觀을 배운 양숙에게 私事. 25세, 進士에 급제. 韓愈를 만나 古文운동에 동참. 26세, 淸凉澄觀(神會의 法孫)을 만나 교유. 　　　양숙의 벗 육참을 만나 교유.

	29세, 居家開悟, 　　　復性書 저술(本無七情說). 47세, 藥山惟嚴을 만나 大悟, 悟道頌 읊다. 48세, 西堂智藏이 또 認可.
白樂天 백락천 772-846	香山居士, 廣大敎化主. 佛光如滿, 興善惟寬, 歸宗智常에게 참학. 鳥窠道林에게서 大悟. '陶淵明이 吾前身'이라 하다.
趙州조주 778-897	從諗, 南泉의 法을 잇다. 枯淡着實한 禪風을 드날림. 趙州錄.
圭峰규봉 780-841	宗密. 神會 - 法如 - 南印 - 澄觀 - 圭峰宗密(화엄 5祖). 裴休와 方外의 벗이 되다. 圓覺經疏, 圓覺經玄談.
	曇晟, 白丈에게 참학. 藥山의 法을 잇다.

雲巖운암 782-841	洞山良介가 首門人이다. 偈 　運水搬柴不是塵 　頭頭全現法王身(人天眼目6)
慧哲혜철 785-861 韓	體空. 西堂의 法을 잇다.
鎭州진주 ?-861	普化尊者. 黃檗의 師弟. "河陽은 새댁 같고, 木塔은 할매선이고, 臨濟는 어린애로써 겨우 한쪽 눈을 떴다" 하니, 臨濟가 "이 도둑놈아!" 하자, "도둑이야!" 하며 갔다. 臨濟를 外護하며 奇行을 보이고, 스스로 棺에 누워 허공을 돌다가 遷化하다.
臨濟임제 ?-867	十一祖, 義玄. 慧照大師 黃檗은 臨濟가 法器임을 알고, 直指禪機하나 알지 못하자, 高安大愚에게 보낸다. 大愚가 나무래자 臨濟가 言下에 大悟하다. 大愚는 臨濟를 黃檗에게 돌려 보낸다. 潙山靈祐를 뵌 후, 황벽에게 돌아와 百丈의 禪板과 几案을

	받고 법을 잇다. 이후 여러 禪林의 老師를 방문. 無位眞人, 隨處作主, 立處皆眞, 三玄, 三要, 眞正見解 등과 華嚴敎義를 縱橫으로 구사. 默君和거사가 집을 절로 만들고, 臨濟院이라 하다. 義玄을 맞아 法主로 모시다. 法叔인 普化와 克符가 敎化를 도우다. 法을 이은 제자로는 三聖慧然, 興化存獎, 灌谿志閑, 風穴延沼 등 20여 명이다.
裵休배휴 797-870	黃檗과 圭峰의 門人. 圭峰과 方外의 벗. 傳心法要, 宛陵錄을 聞撰하다. 황벽, 규봉 등 제禪師의 序, 跋, 記, 銘을 짓다.
洞山동산 807-869	良价. 寶鏡三昧歌, 洞山語錄. 南泉普願, 潙山靈祐에게 참학하고, 雲巖曇晟에게서 大悟. 門人 曹山本寂과 連稱하여 曹洞宗의 高祖로 추앙됨. 細密한 禪風을 고취함. 門下에 雲居道膺, 조산본적 등 27人이 있다.

曹山조산 840-901	本寂. 曹洞宗 開祖. 洞山의 五位顯訣 宗旨를 전승. 五位란 禪을 正과 偏으로 분류하는 방법. 正中偏 등.
雲門운문 864-949	文偃, 黃檗의 法을 이은 睦州道明에게서 參究 大悟. 雪峰義存의 법을 잇다. 日日是好日, 東山水上行 - 法語가 유명하다. 　萬里足下靑 　東山水上行 　吾道此時中 　行之貴日惺
永明영명 904-975	延秀. 法眼宗, 五代末 宋初. 天台德韶의 법을 이어 법안종 3세가 되다. 禪과 念佛을 兼修하여 저녁에는 언제나 行道念佛을 하였다. 고려 光宗 戊辰에 惠居가 國師가 되고, 坦文은 王師가 되었는데, 惠居와 탄문은 永明大師의 門人이다. 上堂, 예배, 염불, 著撰, 慈悲攝化 등 중생의 度脫을 위해 쉼

	이 없었으므로, 諸方에서 '慈氏(미륵)의 下生' 이라 하였다. 著撰은 宗鏡錄 100권, 唯心訣, 心賦, 萬善同歸集 등이다. 性徹(1912-1990)은 永明과 中峰(1263-1323)을 칭송했다.
師戒사계 ?-1035	五祖山 獨眼禪師. 蘇東坡의 前身이라 한다. 蘇東坡를 당시 禪客들이 戒和尙이라 불렀다. 五祖山은 弘忍大師 이후 많은 禪丈이 居, 宋代 黃龍派와 楊岐派가 융성.
五祖오조 1024-1104	法演. 法號는 海會 臨濟宗 楊岐派. 慧林宗本에게 참학. 浮山法遠의 法을 잇다. 門人은 圓悟克勤, 張景修거사, 劉跂거사 등 海會語錄.
東林동림 1025-1091	常總. 黃龍慧南에게 20년 參究大悟, 決旨를 받다.

	江西 廬山 九江 東林寺에서 大法을 드날리다. 60여 제자를 육성. 門下에 泐潭應乾, 蘇東坡 등이 있다.
蘇東坡 소동파 1036 - 1101	蘇軾, 字는 子瞻. 東林常總의 門人. 開悟頌 - 溪聲便是廣長說　山色豈非淸淨身 　　　　　夜來八萬四千偈　後日與何擧似人 悟道頌 - 問我何處來　我來無何有 　　　　　薰風自南來　艸堂生微涼 白樂天과 蘇東坡의 文集에 근거하여 推論하면, 陶淵明, 白樂天, 師戒, 蘇東坡는 같은 人物이다. 東坡禪喜集. 蘇軾集 등 문집. 東坡云 '陶淵明이 是吾前生'이라 하다.
張商英 장상영 1043 - 1121	無盡居士. 王安石의 문인. 蘇東坡의 영향을 받아 불법을 깊이 參究하다. 東林常總, 도率從悅, 梅堂祖心을 찾아 불법의 要義를 배우다. 圓悟克勤에게 華嚴玄旨를 듣다. 만년(1103년 경)에 眞淨克文에게서 開悟. 大慧宗杲를 試驗하다.

黃庭堅 황정견 1045 - 1105	山谷道人. 蘇東坡의 門人. 黃龍祖心의 法을 잇다. 황룡이 "내가 숨기는 것이 있는가?" 하는 말끝에 開悟하다. 이것은 본디 공자의 말이다. 奇異脫俗한 行으로 사람들을 놀라게 하다.
圓悟원오 1063 - 1125	克勤. 臨濟宗 楊岐派. 五祖法演의 法을 잇다. 雪竇頌古를 제창, 垂示 着語 評唱한 것을 門人들이 碧巖錄을 펴내다. 뒷날 大慧宗杲가 工夫人의 毒이 된다 하여 불태우다. 門人으로는 大慧宗杲, 張商英, 郭智藏, 鄧子常 등 100餘人이 있다.
大慧대혜 1089 - 1163	宗杲, 臨濟宗 楊岐派. 湛堂文準에게 참학. 清凉德洪을 찾아가 禮를 올리고, 그곳에서 張商英을 만나다. 張商英이 大慧의 工夫를 試驗하다. 圓悟에게서 참학하여 大悟. 曹洞宗의 默照禪(宏智)을 공격하고 公案禪을 고취. 徑山 能仁禪院에서 宗風을 크게 진작.

	臨濟의 再興이라 일컬음. 衡州 유배 10년 후, 天童山의 宏智 正覺과 道交를 맺다. 正法眼藏 6권. 大慧語錄.
宏智굉지 1091 - 1157	正覺, 曹洞宗, 默照禪. 丹霞山 子淳의 법을 잇다. 默照坐禪 宗指, 默照禪(宏智禪)이라 일컬음. 晚年에 大慧를 만나 大悟, 主張을 바꾸다. '莫動着(움직이지 말라) 動着(움직이면) 三十棒이니라.' 굉지록 4
普照보조 1158 - 1210 韓	知訥. 26세, 六祖壇經을 읽다가 開悟. 28세, 李通玄(635-736)의 華嚴論을 읽고 圓頓成佛論을 짓다. 　　八公山 居祖寺에서 定慧社를 결성. 30세, 大慧語錄을 보다가 大悟. 　　육조단경을 보다가 大悟. 희종은 즉위 후, 송광산 길상사를 曹溪山 修禪寺로 바꾸고 知訥을 극진히 모시다. 惺寂等持門, 圓頓信解門, 徑截門의 三門을 열어 學人을

	提接.
	慧諶이 법을 잇다.
	修心訣.
	看話決疑論.
	定慧結社文 등 14부 15권 著
眞覺진각 1178 - 1234 韓	慧諶, 無衣子. 知訥의 法을 잇다. 修禪寺 二代 法主. 禪門拈頌集. 心要. 金剛經贊.
一然일연 1206 - 1289 韓	見明, 號 ; 無極 25세, 生界不減 佛界不增, 話頭참구 大悟. 56세, 牧牛和尙의 法을 잇다. 72세, 雲門寺에서 玄風을 드날리다. 84세, 禪床에 앉아 제자들과 禪問答을 한 후, 　　　방으로 돌아가 金剛印을 맺고 入寂. 三國遺事 5권. 祖道 2권. 祖庭事苑 30권. 禪門拈頌事苑 30권.

高峰고봉 1238-1295	原妙 南宋末, 元代, 臨濟宗 楊岐派. 法住에게 天台를 배움. 仰山祖欽에게 참구. 隱遁修行 5년 후, 大悟. 中峰明本이 法을 잇다. 禪要. 高峯語錄.
中峰중봉 1263-1323	明本. 元代 達磨의 29세, 臨濟의 15세 法孫. 어려서 天目山 獅子巖의 高峯에게 出家修行, 大悟. 高峯 沒後, 일정한 거처없이 혹은 배 안에서, 혹은 암자에서 살아가며 스스로 幻主라 일컫다. 僧俗이 존경하여 '江南古佛' 이라 하다. 照堂慈寂이 法을 잇다. 山房夜話. 東語西話. 信心銘闢義解.
石屋석옥 1272-1352	淸珙. 臨濟宗 虎丘派.

	高峰原妙에게서 참구.
	及庵宗信의 法을 잇다.
	高麗의 白雲과 普愚에게 法을 傳하다.
	江南 霞霧山에서 入寂時에 門人 法眼을 시켜
	白雲에게 傳法偈를 보내다.
	이는 石屋의 法이 高麗로 갔음을 의미한다.
白雲백운 1299 - 1375 韓	景閑.
	어려서 출가, 10년 동안 元에서 工夫.
	(인도고승) 指空에게 참학.
	石屋淸珙에게서 大悟.
	54세, (1353년) 法眼이 石屋의 傳法偈를 가지고,
	고려의 白雲을 찾아와 전하다.
	77세에 鷲巖寺에 隱居, 入寂.
	佛祖直旨心體要節, 白雲語錄.
太古태고 1301 - 1382 韓	普愚, 普虛.
	19세에 萬法歸一 화두참구, 開悟.
	41세, 三角山 重興寺 東峯에 太古菴을 지어 머물다.
	46세, 元 湖州 霞霧山 石屋淸珙의 법을 받다.
	52세, 石屋이 入寂.
	만년에 小雪山에 들어가 농사 짓다가 공민왕의 청으로 山을 나와 王師가 되다.
	鳳巖寺, 寶林寺에서 교화하다.

	신돈의 모함으로 속리산에 유폐. 83세入寂, 太古語錄.
懶翁나옹 1320-1376	惠勤, 27세에 양주 檜巖寺에서 開悟. 28세에 元 연경 法源寺에서 指空에게 2년 간 배우다. 30세에 平山處林에게 참학, 법을 받다. 31세에 다시 指空에게 돌아와 법을 잇다. 道行이 元의 황제에게까지 알려져 廣濟禪寺 주지가 되어 說法함. 39세에 귀국. 五臺山 象頭菴(움막)에서 默坐하다. 42세에 왕명으로 내전에서 설법하다. 52세에 왕사가 되다. 57세에 王命으로 密陽 塋源寺로 가다가 神勒寺에서 入寂. 懶翁語錄.
虛應허응 1515-1565	普雨, 호 懶菴. 16세에 금강산 摩訶衍菴에 入山. 34세에 강원감사 鄭萬鍾의 천거로 奉恩寺 주지가 되다. 36세에 禪教兩宗을 부활시키다. 37세에 禪宗判事가 되다. 尹元衡, 尙震과 합심하여 300여 사찰을 國刹로 정하다.

	度牒制를 두어 2年 동안에 4,000여 승려를 뽑는 僧科를 설치. 51세, 文定王后가 죽자, 제주에 유배되어 邊協에 의해 杖殺되다. 李栗谷이 辯護했으나 막지 못했다. 禪偈雜著. 虛應堂集.
清虛청허 1520 - 1604	休靜, 어려서 부모를 여의다. 進士科에 낙방하고 지리산에 入山. 崇仁에게 出家. 芙蓉靈觀(1485-1571)에게 참학, 한낮에 길을 가다가 낮닭이 크게 우는 소리를 듣자마자 開悟 하다. 몇달 후, 금강산에서 大悟. 30세에 승과에 급제, 禪敎兩宗判事가 되다. 73세에 壬辰倭亂이 나자, 八道 十六宗의 都摠攝이 되어 승병을 지휘. 75세에 四溟惟政에게 兵事를 맡기고, 妙香山에서 入寂. 禪家龜鑑. 禪敎釋. 清虛集.
雲棲운서 1535 - 1615	袾宏. 호 蓮池. 明, 四高僧의 한 분.

	松庵得寶에게 참구. 樵棲를 지나다가 북소리를 듣고 깨닫다. 禪定一致를 禪風으로 삼다. 禪關策進. 緇門. 自知錄.
紫栢자백 1542-1603	眞可. 明, 四高僧의 한 분. 張拙(宋初)의 偈 　斷除妄想重增病　趣向眞如亦是邪 　隨順世緣無가碍　涅槃生死是空華 　光明寂照遍河沙　凡聖含靈共我家 　一念不生全體現　六根緯動被雲遮 를 읽다가 開悟. 雲棲, 憨山과 같이 禪定竝修가 禪風이다. 紫栢集.
憨山감산 1546-1623	德淸. 明, 四高僧의 한 분. 雲谷法會, 無極明信에게 참구. 伏牛法光에게서 大悟. 五臺山 北臺에 올라 憨山의 빼어남을 보고 自號. 1581년 오대산에 無遮會를 열어 법을 설하다. 1587년 神宗의 미움을 받아 雷州로 귀양가다.

	1622년 조계로 돌아가 다음 해 入寂. 圓覺經解. 老子禪解. 莊子禪解. 中庸直指.
藕益우익 1599 - 1655	智旭. 明, 四高僧의 한 분. 憨山德淸의 法孫. 憨山의 문인 雪嶺에게 삭발. 雪棲에게 唯識論을 배우다. 32세에 梵網經에 註釋. 孟子의 迷語處를 버리고 切要하여 '孟子擇乳'를 짓다. 책을 펴내자 儒林에서 찾아와 册版과 册을 불태워 지금 傳하지 않는다.

著者

노치허 盧蕎虛

號, 愚虛, 蕎虛, 三碧峙病老,

貫鄕 光山, 名은 圭, 行은 鉉.

단기 4282년 密州 丹場 蘆谷의 紫巖書堂에서 生.

無學으로 農事를 짓다.

젊은 날 우연히 莊子와 禪家龜鑑을 읽다.

이후 讀書와 默坐를 즐겨하다.

洙泗心要, 論語切要, 孟子上語, 菜根切要 등을 窄撰.

번역 ; 傳心法要, 道家龜鑑, 儒家龜鑑 등.

拙居巢 ; 010-4599-1746

선객禪客 소동파蘇東坡

초판 인쇄　2015년 8월 31일
초판 발행　2015년 9월　5일

저　　자 | 노치허
디자인 | 이명숙 · 양철민
발행자 | 김동구
발행처 | 명문당(1923. 10. 1 창립)
주　　소 | 서울시 종로구 윤보선길 61(안국동)
　　　　　 우체국 010579-01-000682
전　　화 | 02)733-3039, 734-4798(영), 733-4748(편)
팩　　스 | 02)734-9209
Homepage | www.myungmundang.net
E-mail | mmdbook1@hanmail.net
등　　록 | 1977. 11. 19. 제1~148호

ISBN 979-11-85704-37-1 (03820)
12,000원